공무원이었습니다만

가끔 달달하고
자주 씁쓸했던
8년 8개월의 순간들

진고로호 글·그림

공무원이었습니다만

미래의창

백육만 분의 일의 이야기

🦝 나는 공무원이었다. 2017년 12월 31일 기준 대한민국 전체 공무원 수는 1,060,632명(《2018 인사혁신통계연보》, 인사혁신처). 당시에는 나도 그 백육만 명 중의 하나였다. 공무원에는 다양한 직종, 직군, 직렬 그리고 직급이 존재한다. 대통령은 선거로 취임하는 정무직 공무원이고, 검사는 담당 직무의 특수성을 인정하기 위해 별도로 분류한 특정직 공무원이다. 등대지기도 수많은 일반직 공무원 중의 하나인 등대관리직 공무원이다. 공무원 시절 나는 '직업이 뭔가요?'라는 질문에 대충 '공무원이요'라고 답해왔지만 정확하게는 이렇게 말했어야 했다.

"서울시 자치구 소속 지방행정직 공무원으로 구청과 동주민센터에서 행정 업무를 보고 있어요."

　단순히 공무원이라고만 알고 있던 사람이 법원직이라는 사실을 알게 된 적이 있다. 자주 보는 사이는 아니었지만 만날 때마다 내심 직업적 친밀감을 느껴왔던 지인이었다. 국민의 세금으로 월급을 받는 사람들 사이의 동질감이었달까. 그런데 근무처를 알게 되니 소속과 업무의 차이가 눈에 들어왔다. '법원에서 일을 하는 건 구청이나 주민센터(또는 행정복지센터)에서 일하는 것과는 다르겠지? 법원직이면 많이 뽑지도 않고 시험 준비도 더 어려우니 행정직보다는 훨씬 전문적일 것 같아.' 혼자 이런저런 추측을 하다가 실제로 그 사람의 경험담을 듣기 전엔 내가 알 수 있는 게 별로 없다는 결론에 이르렀다. 공무원이라고 다 같은 공무원은 아니다.
　이런 이유로 나의 공무원 회상기가 공무원이라는 직업을 대표할 수는 없다. 전체가 아니라면 주로 도청, 시청, 군청, 구청, 읍·면·동사무소에서 일하는 지방직 공무원의 이야기만이라도 대변할 수 있지 않을까? 그 또한 어렵다. 근무 지역의 특성, 업무의 상이함, 직급의 높낮이로 인한 분위기 차이를 감안해야 한다. 하물며 같은 주민센터에서 일하더라도 민원대에서 증명 발급을 담당하는 직원이 사회복지나 민방위 같은 업무의 구체적인 시스템과 세세한 고충까지 알지는 못하니 말이다. 결국 전할 수 있는 것은 백육만 분의 일의 이야기뿐이다. 내가 만난 여러 사건과 인물들이 서로 합쳐지고 각색되어 편집된 아주 주관적인 이야기.

인생에서 한창 일을 하는 시기에 직업은 우리의 전부가 되기도 한다. 이 책은 일이 내 삶의 전부처럼 보였던 시기를 담고 있다. 공무원이라는 직업은 거대하고 무겁게 나의 일상을 차지했다. 그 무게 때문에 깨어 있는 시간은 물론, 잠들어 있는 시간조차 내 이름 앞에서 공무원이라는 단어를 떼지 못했다. 그래서 더 힘들었고 일과 직업에 대한 고민을 멈출 수 없었다. 아무리 고민해도 정리되지 않은 마음으로 직장에서 고비를 마주할 때마다 조직이나 다른 사람을 탓하기도 했지만, 무엇보다 단단하지 않은 나 자신을 제일 많이 원망했다.

누가 직업이 뭐냐고 물을 때는 난감하다는 표정으로 작게 대답했다. 직업에 대해서도 나에 대해서도 자신이 없었다. 멀리 떨어져 시간을 두고 그때를 되돌아보니 이제야 일과 삶에 대해 치열하게 고민하며 열심히 일했던 내가 보였다. 힘들게 얻은 자리에서 버티기 위해 끝까지 애를 쓴, 그 과정에서 다른 꿈이 생긴, 그래서 그곳을 그만둔 사람만이 말할 수 있는 백육만 분의 일의 이야기를 전할 용기가 생겼다.

웰빙(합격 당시 최대의 유행어였다)을 꿈꾸며 입성한 공무원 사회에서 마주한 현실, 씩씩한 척 일했지만 하루가 영원히 끝날 것 같지 않아서 무서웠던 날들에 대해 적을 것이다. 자존감을 무너뜨리는 일 앞에서 주저앉았던 순간들을 솔직하게 보여줄 것이다. 참다못해 엉엉 울어버린 날, 잘해내고 있다는 생각에 스스로 뿌듯했던 날이 어떤 의미로 남았는지도 이제는 말할 수 있다. 그럴듯한 말을 늘어놓았지만 그 뒤에 진짜 고백이 있다. 10년을 채우지 못하고 공무원을 그만둔 나는 연금을 받지 못한다. 그동안 쌓아 올린 호봉도 사라졌다. 다른 곳에 취직할 수 있는 경력도 되지 않는다. 남은 게 있다면 오직 이야기뿐이기에 그것을 하나씩 꺼내어보는 것이 지금 내가 할 수 있는 유일한 일이다.

남은 것

이런 일

저런 일

누군가를 비방하고 싶은 의도는 없으니까 에피소드는 살리되 인물은 각색하자

하고 싶은 이야기를 하려면 찌질했던 것까지 다 써야겠지?

아주 사적인 공무원 체험기 시작합니다

호순이 공무원 일기

차례

Chapter 1

이상한 주민센터의 9급 공무원

기필코
사무적일 것

나는 지금 500페이지가 넘는 책을 공무원처럼 사무적으로 넘기고
있다.

– 조안나, 《월요일의 문장들》, 지금이책, 2017.

🦝 취향에 맞는 책을 발견했다. 기쁜 마음에 빠른 속도로 책
장을 넘기다 한 줄에 걸려 멈췄다. 감성적인 문장들 사이에서
이 부분이 유난히 건조하게 느껴지는 건 내가 공무원이었기
때문만은 아닐 것이다.

사무적事務的

1. 사무에 관한, 또는 그런 것.

2. 행동이나 태도가 진심이나 성의가 없고 기계적이거나 형식적인, 또
   는 그런 것.

– 《표준국어대사전》, 국립국어원.

사무적이라는 표현이 공무원이란 단어와 나란히 놓이면
그 뉘앙스의 방향이 중립에서 부정으로 기운다. 무표정한 얼
굴과 흐린 눈빛으로 책상 앞에 앉아 키보드를 두드리는 모습
이 떠오른다. 다음 페이지로 넘어가는 대신 내가 얼마나 사무
적인 공무원이었는지 되돌아봤다.

가족관계나 등본 같은 증명서 발급은 얼핏 봐도 매우 사
무적인 일이다. 해당 주민등록번호를 입력하고 서류를 출력해
서 민원인에게 건넨다. 발급 절차가 까다로워지는 경우의 수
가 많으나 기본만 따지자면 기계적이고 단순한 업무가 맞다.
서류를 넘기기 전, 맞게 출력됐는지 한 번 더 확인한다. 여기
서 주의할 점. 끝까지 사무적일 것. 자칫하다가는 누군가의 인
생을 보게 되기 때문이다. 한 장의 종이 위에서 사람이 태어나
고 죽는다. 결혼하고 이혼한다. 자녀를 낳고 그 자녀가 또 아
이를 낳는다. 이사를 하고 국적이 바뀌기도 한다. 함께 있다가

혼자 덩그러니 남기도 하고 혼자 있다가 다시 누군가와 합쳐지기도 한다.

"안녕하세요. 어떤 업무를 도와드릴까요?"

지금도 생생하게 남아 있는 어느 날의 기억 하나. 평소처럼 환하게 인사하며 한 중년의 남성 민원인을 맞았다. 그가 말했다.

"사망신고를 하러 왔습니다."

주민등록과 가족관계 전산에 모두 입력해야 하기 때문에 단순 발급보다 처리 시간이 더 걸리긴 하지만 사망신고 자체가 복잡한 업무는 아니다. 하지만 어떤 업무보다 사무적으로 임해야 한다. 사망신고라는 말에 밝은 미소를 황급히 집어넣었다. 사망진단서와 신고서, 신고인의 신분증을 받아 든 뒤 나도 모르게 눈동자가 큰 진폭으로 떨렸다. 그는 젊은 자녀의 죽음을 신고하러 온 아버지였다. 예의 바르게, 그리고 정확하고 신속하게 사망신고를 처리하는 것이 그 순간 내가 자식을 잃은 부모를 위로할 수 있는 유일한 방법이었다. 사람은 공감의 동물이다. 공무원도 사람인지라 가슴이 먹먹해지는 건 어쩔 수 없지만 어설프게 슬픔의 티를 내는 것은 오히려 민원인에게 실례일지 모른다. 차분하고 상냥하게 서류 작성과 신고 절차를 안내하되 감정이 너무 드러나지 않도록 주의했다. 주민등록 전산에서 사망자의 얼굴을 확인하는 순간은 또 다른 고비였다. 사무적일 필요가 없었다면 사진 속 그 앳된 얼굴을 마주하자마자 두 손으로 얼굴을 가린 채 고개를 숙였을 것이다. 마음속 애도와 사무적인 업무 처리의 균형을 잡으려 한참 애를 썼다. 그렇게 사망신고 접수가 완료됐다. 서류 위, 한 사람의 인생이 마감됐다.

　한번은 오랫동안 거주지 없이 떠돌아 '주민등록상 거주불명'으로 처리된 노숙인 아저씨가 민원인으로 왔다. 그는 사진이 바래고 때가 묻어 있는 주민등록증을 내밀었다. 재등록을 하러 왔다고 했다. 몸에서 나는 고약한 냄새와 상반되는 수줍은 말투였다. 기존 사진의 입력 날짜는 10년 전으로, 사진 속에는 지금의 늙고 지친 모습과는 다른 젊고 멀끔한 사람이 웃고 있었다. 온갖 풍상을 거쳤을 그의 지난날들에 대한 연민이 들었다. '그동안 얼마나 고생이 많으셨길래 완전히 딴사람이 되어버리셨을까요.' 하마터면 속마음이 튀어나올 뻔했는데, 사무적이어야 한다는 의무감을 발휘해서 대신 이렇게 말했다.

"마침 잘 오셨어요. 지금 주민등록 사실조사 기간이라 재등록 과
태료가 50% 감면되거든요. 다행입니다."

사무적이기 위해 항상 기를 써야 하는 건 아니다. 가끔은
기꺼이 사무적인 태도를 내려놓아야 하는 때도 있다. 자주 관
공서를 방문하지 않는 이에게 행정 업무는 복잡하고 어렵기
마련이다. 주민센터에서 근무하며 작은 활자가 빼곡하게 들어
찬 신고서를 들고 어떻게 해야 할지 몰라 당황한 어르신들을
종종 만났다. 그중에는 귀까지 좋지 않은 분들이 더러 계신데,
큰소리로 차근차근 설명을 해드리며 친손녀 같은 마음으로 서
류 작성을 도우려니 간단한 업무여도 시간이 제법 걸렸다. 여
유로운 시간대라면 괜찮지만 민원이 몰리는 타이밍에는 빠르
게 업무를 쳐내야 하는 터라 다른 민원인과 동료 직원들의 눈
치가 보이기도 한다. 그런가 하면 관공서 자체에 두려움을 가
지고 있는 사람도 있다. 긴장과 경계가 가득한 눈빛으로 찾아
온 이들을 안심시키기 위해 허물없고 친밀한 태도로 업무를
처리한다. 단, 이렇게 마음을 열어야 하는 순간이 지나면 바로
사무적인 태세로 돌아가야 한다. 마음의 총량에는 한도가 있
어서 만나는 사람들과 그 사연을 다 담아내려고 하면 과부하
가 걸리기 때문이다.

'사무적인 공무원'이 영혼 없는 책상의 일부처럼 보일지라도 사무적이란 단어는 공무원을 지켜준다. 복잡한 법과 절차에 골머리를 썩이면서도 민원을 해결하는 힘이 된다. 막말을 들으면서도 버틸 수 있게 만든다. 은은한 비누 향기를 풍기는 사람이건 땀 냄새가 나는 사람이건 누구든 공평하게 대할 수 있게 한다. 방금 다녀간 민원인의 복잡한 가정사에 호들갑을 떨지 않게 하고, 진상 민원인의 욕설과 폭력에 경찰이 출동하는 소동이 벌어져도 멈추지 않고 벨을 누르면서 다음 민원을 처리하게 한다.

사무적으로 일하는 데 성공한 날은 감정 소모가 덜하고 덜 지쳤다. 애석하게도 나는 자주 미소 짓고, 꽤 친절했으며, 툭하면 마음이 아팠다. 잠깐 스치는 사람들의 삶이 궁금했고 그들이 흘리고 간 인생의 작은 조각들을 오래 기억했다. 그래서 공무원 생활 내내 더 사무적이려고 노력해야 했다.

신기하게도 사무적인 시간은 대부분 마음에 남지 않고 곧바로 사라졌다. 지금도 선명하게 남아 있는 것들은 사무적이지 못했던 시간들이다. 집이 어딘지는 기억하지 못해도 주민센터에 가면 집을 찾을 수 있을 거라는 사실은 잊지 않았던 치매 할아버지의 아이같이 맑은 눈빛. 꼬부랑글씨가 부끄럽다며 볼펜을 쥔 손에 힘을 주고 한 자 한 자 정성껏 이름을 써 내려가는 할머니의 필체. 사제 서품을 받은 후 첫 부임지인 동네 성당에 전입신고를 하러 온 젊은 신부님의 투명한 얼굴. 긴 시간 병석에 누워 있는 남편의 서류를 대신 발급받으며 삶의 고단함에 한숨짓던 아주머니의 깊은 주름. '사무적'이라는 방패를 내려놓은 채 걱정하고 응원하며 마음을 내어주었던 그런 순간들 말이다. 기억의 선명도로만 시간의 가치와 의미를 따진다면 사무적이지 못했던 시간이야말로 제대로 살았다고 할 수 있을지도 모른다. 그러나 오늘의 내가 그 시절의 나에게 메시지를 전할 수 있다면 이렇게 말할 것이다.

"사무적으로 일해, 더 철저하게 사무적으로!"

사무적인 공무원

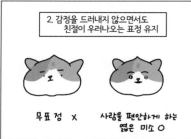

기술

방패

균형이 깨지면

떡을 사랑하는
그대에게

자다가도 '떡'이라는 소리를 들으면 눈이 번쩍 떠질 만큼 떡을 좋아하는 사람이 어떤 직업을 선택해야 할지 고민한다면? 나는 주저 없이 그를 노량진으로 안내하고 싶다. 지방직 공무원으로 일하면 부귀영화를 누리지는 못해도 떡은 원 없이 먹을 수 있기 때문이다. 떡이 없는 공무원 생활, 그것은 산소 없는 지구와 같다.

꼭 떡이 아니라도 주민센터에서 일하면 먹을 게 많이 생긴다. 잔치 때마다 새마을부녀회원님들이 부쳐주시는 고소한 부추전을 먹을 수 있다. 꼬들꼬들한 편육, 새콤한 홍어무침도 빠지지 않는다. 복날이면 삼계탕을 먹으러 간다. 인심 좋은 동장님을 만난다면 특별한 날이 아니어도 종종 점심을 얻어 먹는다. 동장님이 관내 순찰을 돌 때 가끔씩 사오시는 핫도그 랑 고로케도 꿀맛이다. 큰 행사를 치르면 고생했다고 노조에서 치킨과 피자도 보내준다. 통장님이 직원들 수고했다고 사다 주시는 만두나 옥수수도 있고 겨울이면 어디서 나타났는지 알 수 없는 귤이 자주 보인다. 인사차 들른 다른 부서 직원들이 롤케이크 같은 디저트를 선물로 가져오기도 하고, 분위기가 훈훈한 곳이라면 늦은 오후에 떡볶이와 순대로 간식 타임을 즐기기도 한다. 휴가를 다녀온 직원들은 여행지에서 사온 과자를 돌린다. 명절에는 참기름과 김, 통조림 선물세트를 받기도 한다. 쭉 적고 나니 이렇게 먹거리가 다채롭고 풍족한 직장을 왜 그만뒀을까 싶을 정도다. 다양한 음식의 향연 가운데서도 가장 많이 먹은 것은 단연코 떡이었다.

주민센터에서는 백설기, 절편, 바람떡, 송편, 꿀떡, 기장떡, 인절미, 카스테라설기, 영양떡 등등 그야말로 온갖 종류의 떡을 먹을 수 있다. 신규 공무원은 6개월간의 시보 생활을 거친다. 이 기간이 끝나야 정식으로 임용을 받는다. 시보를 떼는 중요한 날, 백일떡이나 돌떡처럼 기념 떡을 준비해서 사무실에 돌리는 관행이 있었다. 최근 이 관행이 신규 공무원들에게 지나친 부담이 될 수 있다는 이유로 문제가 되어 뉴스에 보도

됐다. 이후 전국 각지의 지자체들이 이러한 '시보떡' 문화의 근절에 나선다는 소식이 줄줄이 전해지는 중이다. 시보를 마치고 정식 임용되는 공무원들이 주위에 떡을 돌리는 대신 지자체장이 대상자들에게 선물을 전달하며 축하해주는 새로운 문화가 공직사회에 도입되고 있는 듯하다.

각종 행사에도 떡이 필수다. 특히 인사철은 집중적으로 떡을 먹을 수 있는 시기다. 새로이 인사이동을 한 직원에게 이전 부서의 동료들이 음료수와 떡을 들고 응원 방문을 온다. 승진자에게 축하의 의미로 떡을 보내기도 한다.

한 종류의 떡이 유행하는 일도 흔하다. 그러다 보니 손님들이 연달아 사무실을 찾아왔는데 가지고 온 떡이 다 똑같았던 웃지 못할 에피소드도 있고, 3일 연속 같은 떡을 먹어 그 맛이 혀에 영원히 각인되어버린 적도 있다. 그 지역에 괜찮은 떡집은 한정되어 있고 어느 떡이 맛있다고 소문이 나면 여기도 그 떡, 저기도 그 떡을 시키기 때문에 일어나는 해프닝이다. 그렇지만 어디에나 창의적인 사람은 있다. 기존의 인기 떡에 안주하지 않고 새로운 정보에 귀를 기울여 미지의 떡을 시키는 선구자들. 연속해서 인절미만 먹다가 처음으로 밥알 찹쌀떡을 맛본 순간을 잊지 못한다. 떡을 고른 사람의 센스에 두 손 모아 감사했다.

떡이 넘쳐나는 풍요의 직장, 퇴근했다고 해서 떡과 이별할 리가 없다. 마르지 않는 샘처럼 떡이 솟아나다 보니 센터 내에서 다 감당하지 못하고 남은 떡을 소분해서 집에 가져가는 일도 더러 있다.

진정으로 떡을 좋아하는 사람이 주민센터에서 일하게 된다면 내일은 어떤 떡을 먹게 될까 설레는 마음으로 잠을 청할 수 있을 것이다. 진상 민원인에게 영혼의 마지막 한 톨까지 탈탈 털린 직후라도 떡 한 덩이에 다시 기운이 솟아날 수 있겠지. 사무실에 떡이 생기면 가장 먼저 탕비실로 달려가 솔선수범하여 떡을 접시에 옮겨 담을 것이다. 환하게 웃으면서 '떡 드세요!' 하고 외치며 직원들 사이를 돌아다닐지도 모른다. 묵직한 떡 봉투를 소중히 품에 안고 뿌듯하게 퇴근길에 오르고, 집으로 돌아가는 버스 안에서는 그 떡을 노릇노릇 잘 구워서 조청에 찍어 먹을 생각에 가슴이 두근거릴 것이다.

그 수많은 떡들이 떡이 아니라 빵이었다면 어땠을까? 에쉬레 버터가 들어간 크루아상이나 국내산 팥으로 만든 앙버터 바게트, 커스터드 크림이 가득한 슈, 짭짤한 소금이 감칠맛을 돋우는 버터 프레첼이었다면? 만약 그랬다면 아무리 험난한 공직 생활의 파도가 내 몸을 멀리멀리 밀어내도 악착같이 그 자리에 닻을 내리지 않았을까?

'내가 빵 대신 떡을 사랑하는 사람이었다면……' 하고 상상해봤다. 어려운 업무와 반복되는 야근에 지쳐 있다가도 달달한 꿀떡 하나에 힘을 내지 않았을까? 막무가내로 소리를 지르는 민원인에게 받은 상처가 콩고물이 떨어지는 고소한 인절미 한 조각으로 위로될 수 있었으려나? 그랬더라면 정년퇴직을 향한 무난한 항해를 이어나갈 수 있지 않았을까?

어쩌면 모든 것이 떡 때문인지도 모른다. 떡의 세계에서 목이 메어 가슴을 치다가 그 세계를 탈출한 빵순이, 그게 바로 나다.

간식 타임

살찌는 이유

일이 힘든데 살은 왜 찌는 걸까?

동장님의 취향

설마 전생에 배가 고파 현생에 먹을 복이 넘치는 건가

상상과 현실의
간극

"선생님, 죄송합니다. 잠시만 기다려주세요. 제가 옆에서 바로 발급해올게요."

안절부절못하며 사정했다.

"아, 진짜…… . 서류 하나 떼는 데 얼마나 더 기다리라는 거야?"

🐻 화가 잔뜩 난 민원인의 대답에 안 그래도 움츠러들 대로 움츠러든 몸이 움찔했다. 진작부터 목덜미가 딱딱해지고 식은 땀이 나던 참이었다. 얼굴이 물파스를 바른 듯 화끈거렸다.

민원서류 발급 장치가 말썽이었다. 등본이 기계 사이에
끼어버린 것이다. 자리에서 일어나자 민원대의 직원들에게 골
고루 분산되던 사람들의 시선이 전부 나에게 꽂혔다. 보이지
않는 눈빛들의 끝이 얼마나 날카롭던지 등을 제대로 펼 수 없
어서 엉거주춤 웅크린 모양새가 됐다.

두 명이 같이 사용하는 발급기가 멈춰버리자 순식간에 민
원 대기석이 꽉 찼고, 여기 일하는 사람 없냐는 불만이 곳곳에
서 터져 나왔다. 그 낡은 기계는 자주 문제를 일으켰는데, 그
럴 때마다 정신이 아득해지고 시야가 흐려졌다. 그제야 책상
뒤에 가려져 보이지 않던 팀장님이 일어나 우리 쪽으로 다가
왔다.

"왜 이런 걸로 신경 쓰게 만드는 거야?"

사색이 돼서 기계를 두드리고 있는 나와 동료의 귓가에
혼잣말인지 질책인지 알 수 없는 팀장님의 말이 스쳤다. 그렇
지만 서운할 틈도 없다. 그냥 이 상황이 빨리 끝나기만 바랄
뿐이었다.

오후 5시가 되니 기다리는 민원인의 수가 확 줄었다. 긴
장이 풀리자 두통이 걷잡을 수 없이 밀려왔고, 미간을 아무리

찌푸려도 모니터의 글씨가 선명하게 보이지 않았다. 당시 사무실은 햇빛이 잘 들지 않아 어두웠다. 유리로 된 출입문을 통해 내다보이는 골목 풍경이 유난히 밝고 환했다. 맞은편 세탁소 앞에 걸린 옷들이 바람에 자유롭게 흔들렸다. 그 광경을 바라볼 때면 나는 누군가에게 속은 기분이 들곤 했다.

'잘 들어봐. 공무원이 되기만 하잖아? 그럼 네 인생은 이제 걱정이 없는 거야. 월급도 나오고 연금도 나오고, 무엇보다 편하게 일할 수 있다니까. 요즘 인터넷에 떠도는 그 글 너도 봤지? 9급 공무원의 웰빙라이프. 조금 덜 버는 대신 조금 일하고 칼퇴 후에는 운동도 할 수 있어. 그러고도 집에 돌아오면 시간이 남을걸?'

실제로 이런 말을 들은 적은 없지만 나도 모르게 그렇게 믿었던 것 같다. '이런 시대에는 공무원이 짱!'이라는 말에 귀가 솔깃했다. 내가 알던 '동사무소'는 좁은 골목길을 따라 한참을 들어가야 찾을 수 있었다. 그런 곳이라면 조용히 일할 수 있을 거라고 내 기억만으로 단정 지었다. 공무원 시험을 보기 전에 사기업에서 계약직으로 일한 적이 있다. 원피스에 구두를 신고 시내에 있는 높은 빌딩으로 출근했다. 얌전하게 책상 앞에 앉아 보고서를 작성하고 5시 반이면 퇴근해서 요가를 배

우러 다녔다. 그 짧은 경험을 가지고 모든 사무직은 그렇게 일을 할 거라고 여겼다.

풍문과 기억과 경험만으로 나는 허상의 세계를 만들어냈다. 차분하게 앉아 키보드를 두드리면 되는 안정적이고 한적한 공간, 적당히 일하고 적당한 월급을 받는 편한 직장. 공무원 시험 준비를 하는 동안 그 허상은 더 안락하고 더 평화롭게 다듬어져갔다. 돈을 번다는 일의 기본적인 어려움조차 잊어버렸다.

동주민센터에서 근무하며 제일 먼저 받아들여야 했던 것은 상상과 현실 사이의 간극이 주는 충격이었다. 사무실은 시끄러웠고 큰소리가 난무했다. 무거운 짐을 나르고 쌓인 눈을 삽으로 치우면서 '동사무소' 업무의 버라이어티함에 놀랐다. 지방행정직 공무원은 순도 100%의 사무직이 아니라는 사실에 당황했다. 내 앞에 밀려드는, 그동안 겪어보지 못한 다양한 유형의 사람들(직원과 민원인 모두)이 무서웠다.

내가 상상했던 직장은 이런 곳이 아니었는데 누가 날 속인 걸까? 그건 어느 누구도 아닌 나 자신이었다. 보고 싶은 것만 보려는 욕심에 앞으로 긴 시간을 보내야 하는 곳이 어떤 곳인지 알아보는 노력을 하지 않은 것이다. 지금 돌아보면 단지 상상과 달랐던 것뿐, 그것이야말로 진짜 현실이었다.

임용을 받기 전 3주 동안 인재개발원에서 신규자 교육을 받았다. 나는 젊었고 드디어 공무원이 됐다는 기쁨에 가득 차 있었다. 그때 누군가가 말했다.

"지금을 즐기세요. 이 순간이 앞으로 여러분의 공무원 인생에서 가장 빛나는 시기입니다."

귀담아듣지 않았던 이 말이 사실이었음을 시간이 흐른 뒤에야 알게 됐다.

그렇지만 현장은 변하고 있다. 하나하나 따져보면 좋아진 점도 나빠진 점도 있겠지만 전반적으로 긍정적인 방향으로 가고 있다고 믿는다. 노후된 주민센터 건물은 신축되고 새로운 업무가 계속 늘어남에 따라 동별 인력도 증원되는 추세다. 내가 공무원이었던 몇 년 사이에도 말도 안 되게 무례했던 사람들은 조금이나마 줄어들었다. 그 속에서 일하면서 나라와 국민의 수준이 나날이 높아지는 것을 체험할 수 있었다. 하지만 변하지 않는 것이 있다. 상상과 현실의 간극으로만 느꼈던 그것이 바로 '밥벌이'라는 것이다. 다시 말해 세금을 월급으로 받는다는 것이었고 어른이 된다는 것이었다. 직업인으로서 감당해야 하는 일을 받아들이는 과정에서는 흘러가는 세월과 함께 맑았던 얼굴이 칙칙해지고 총명하던 눈빛 또한 사그라들기 마련이다.

　내가 일했던 오래된 주민센터가 곧 다른 위치에 새로 지어진다는 소식을 들었다. 이제 누구도 내가 앉던 그 자리에서 세탁소 앞 나부끼는 옷을 바라보며 괜히 공무원이 됐다고 억울해하는 일은 없을 것이다. 그랬으면 좋겠다.

비포 앤드 애프터

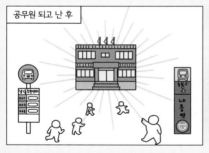

옷차림의 변화

오전 7시

편한 게 최고

샤랄라   민원복   민원복 + 편한 복장

눈 내리는 날

눈이 오네!
칼퇴해야지

순이 주임,
지금 비상이니까
나랑 나갑시다

공무 수행

길이
얼기 전에
빨리빨리!

넵!

다음 날 한의원

허리는
어쩌다가
다치신
거죠?

삽질 하다
그만…

행복한 공무원이 되기 위해
필요한 세 가지 운

공무원 세계에 입성하고 마주한 현실에 당황한 것은 사실이지만 처음에는 내가 열심히만 한다면 모든 일이 잘 풀릴 거라고 믿었다. 힘들게 공무원이 된 만큼 의욕이 충만했다. 국민과 정부를 잇는 다리 같은 존재가 되겠다며 신규 공무원의 다짐을 당당히 글로 쓴 적도 있다. 표현이 좀 진부하긴 해도 진심이었다.

그러나 최선을 다하면 모든 것이 잘될 거라는 그 믿음은 오래가지 못했다. 운칠기삼運七技三. 목표한 바가 잘 풀리는 데는 운이 7할이고 노력이 3할이라는 뜻인데, 시간이 흐를수록 이 말에 고개를 끄덕이는 날이 점점 늘어갔다. 어떻게 보면 다소 맥이 빠지는 말이지만 들어맞을 때가 많았다. 정년퇴직까지 무탈하고 행복한 날을 보내겠다는 야망은 온전히 본인의 의지만으로 이루어지지 않는다. 온 우주의 기운이 모여 그 사람을 도와줘야 한다. 축복받은 공무원이 되기 위해서는 다음의 세 가지 운이 필요하다.

첫 번째는 '보직운'이다. 보직이란 특정 직무의 담당이 되는 것을 말한다. 어디에 발령이 나고 무슨 업무를 맡느냐에 따라 직업생활의 질이 좌우된다. 공무원에게 발령은 한 마디로 미지로의 초대다. 보통 한 곳에서 2~3년을 근무하게 되므로 '다음 발령이 언제쯤 나겠구나' 정도는 예상할 수 있다. 하지만 어디에서 일하게 될지는 발령장을 받아 드는 순간까지 알 수 없다. 물론 개중에는 능력이 출중해서 특정 부서에 발탁되거나 인맥으로 본인이 일할 근무 부서를 협의할 수 있는 사람들도 있긴 있다. 그런 소수를 제외한 대부분은 행여라도 힘든 곳에 배정되는 불운이 나를 찾아오지 않을까 떨리는 마음으로 발령을 기다릴 수밖에 없다.

인구가 3만 6천 명인 동에서 근무할 당시, 가장 작은 동의 인구는 1만 4천 명이었다. 인구가 2.5배 이상 차이 나는 두 동의 공무원 정원 차이는 단 두 명에 불과했다. 직원 외에 업무 보조를 해주시는 분이나 사회복무요원의 수가 몇 명 더 많기는 했지만 그렇다고 업무 강도의 차이를 줄이기에는 역부족이다. 똑같은 민원 업무를 해도 어느 주민센터는 여유가 있는 반면, 다른 곳은 직원들이 화장실도 제대로 가지 못하면서 일을 하는 상황이 생기는 이유다. 구청도 부서마다 격차가 있다. 여러 과가 한 공간을 같이 쓰는 통합사무실에서는 오후 6시가 되면 그 차이가 선명하게 드러난다. 직원들이 우르르 일어나 칼퇴를 하는 과가 있는가 하면 야근을 밥 먹듯이 하는 과도 있다. 하늘이 보우해서 무난한 곳에 발령이 난다고 해도 만사가 형통하는 것은 아니다. 격무부서에도 그나마 나은 업무가 있고 선호부서에도 고된 업무가 있기 마련이다.

두 번째는 '승진운'이다. 우선 언제 임용됐는지에 따라 출발선이 달라진다. 나는 서울시 공무원을 역대급으로 많이 뽑은 해에 합격했다. 그 덕분에 공무원이 됐다고 볼 수도 있지만 동기가 많은 만큼 승진 속도가 느려질 수밖에 없었다. 승진에는 공표된 기준이 있다. 그렇다고 승진 발표 내용에 항상 납득할 수 있는 것은 아니다. 승진자 명단이 나오면 직원들은 한데 모여 그 결과에 대해 분석한다. 실력이니 빽이니, 어부지리니 지연이니 하는 말이 입에 오르기도 한다. 열띤 토론에도 승진의 세계는 그 비밀을 쉽사리 보여주지 않는다. 대개의 논의는

'그래, 승진도 역시 운이지'라며 자조적인 어조로 끝맺음된다.

　모든 사람들이 자기가 세상에서 제일 힘들다고 말하는 경향이 있지만, 믿어달라. 난 확실히 운이 좋은 편은 아니었다. 동에서 두 번 근무했는데 둘 다 인구수 1~2위를 다투는 곳이었고, 구청에서는 무난한 과로 발령이 났지만 귀에 딱지가 앉도록 욕을 들어야 하는 기피업무를 맡았다. 후배들은 임용된 지 1년 반, 늦어도 2년이면 8급을 달던데 나는 8급이 되기까지 3년 하고도 1개월이나 걸렸다.

　이런 내게도 한줄기 빛이 있었으니, 그것은 바로 '대직자 운'이다. 공무원에게는 서로 자리를 비웠을 때 대신 일을 처리해주는 대직 시스템이 필수다. 개인적으로 상사운보다 대직자 운을 더 중요하게 여겼는데, 업무적으로 밀접한 데다 보통 옆자리에 나란히 앉는 짝이기 때문이다. 까다로운 상사는 잠깐 견뎌내면 되지만 대직자가 이상하면 매일이 괴롭다. 다른 복이 없는 탓에 잘나가는 공무원이 되는 것은 애초에 포기한 내가 휴직기간을 포함해 8년이 넘도록 공무원으로 일할 수 있었던 원동력은 다름 아닌 사람이었다. 좋은 짝을 많이 만났다. 주위에서 책임감 없는 대직자로 인해 고통받는 사례를 여러 번 목격한 후 내가 누렸던 친밀하고 안정적인 관계가 큰 복이라는 것을 깨달았다.

이 세 가지 운을 모두 다 점지받은 운빨 충만한 공무원이 있다면 진심으로 부럽다고 말하고 싶다. 그렇지만 '어떡하죠? 난 이 세 가지 운이 다 없는데' 하는 사람이라도 실망하지 않길 바란다. 운이 좋지 못해 가끔 탈이 나고 불행한 기분에 시달리긴 했지만 내가 공무원을 그만둔 것은 승진운이나 보직운이 없었던 탓이 아니다.

운이 7할이라는 말 뒤에 숨어 있는 3할의 노력을 잊으면 안 된다. 밀려드는 고난 앞에 한탄하지 않는 많은 공무원들을 봤다. 운이 오면 오는 대로 가면 가는 대로 해야 하는 일을 완수하는 사람들을 보며 배운 것이 있다. 무탈하지 않아도, 축복받지 않아도 괜찮다는 것. 3할의 노력으로 성실하게 오늘을 버텨내는 모든 이들이 언젠가 넘치는 행운으로 보답받을 수 있기를 바란다.

공직의 신

내게 있는 것

운이 잠시 비켜갈 때

휴지 같은 인생

선거의
추억

🐼 제21대 총선이 끝났다. 투표장에서 세정제로 손을 소독하고 체온을 재고 비닐장갑을 받아 끼면서 이 시국에도 기어코 선거를 치러내는 나라에 살고 있다는 것을 실감했다. 새벽부터 나와 일하고 있는 투표 사무 종사자 모두의 수고가 고마웠다. 특히나 그들의 상당수를 차지하고 있는 지방직 공무원의 고생이 눈에 훤히 보였다. 코로나19 바이러스 관련 방역 및 대응 업무에 선거까지 해내다니 정말 대단했다. 만약 지금 내가 현직에 있다면 이 모든 업무를 감당할 수 있었을까? 엄두도 나지 않는다.

공무원이 되기 전에는 주민센터에서 일하면서 선거 업무

까지 하게 될 거라고 상상하지 못했다. 2010년 제5회 전국동시지방선거를 치를 때 알게 된 것인데, 실질적으로 투표가 이뤄지기 위한 준비 작업과 투표 당일 투표소의 운영은 지방직 공무원의 차지다. 선거철이 되면 각 동마다 선거 업무가 최대 현안이 된다. 직원마다 부과되는 업무의 경중은 차이가 나지만 예외는 없다. 모든 직원들이 선거에 투입된다. 일상적인 업무들을 그대로 해내면서 선거 업무도 진행하기 때문에 선거 준비가 시작되면 체력이 약한 나 같은 사람은 '아이고' 소리가 먼저 나온다. 한 달 이상의 잦은 야근과 주말출근 레이스를 거쳐 선거를 마치면 체력이 바닥나고 만다.

지금도 선거를 생각하면 투표 당일 깜깜한 새벽에 출근하면서 느꼈던 피로와 열감, 근육통이 다시 살아나는 기분이다. 선거는 그만큼 부담스럽고 힘든 업무였다. 몸이 축나니 민주주의의 기본이자 나라의 미래를 결정짓는 중요한 행사에 공헌하고 있다는 자부심을 느낄 여유가 없었다. 업무에 따른 수당이 나오긴 하지만 따스한 봄날의 주말, 가족과 보내는 시간을 대신하기엔 적다고 느껴졌다. 구청과 동에서 선거 업무를 맡아야 하는 구조적인 이유를 이해하면서도 다크서클이 무릎까지 내려올 것 같은 상황이 되면 억울함이 치솟았다. 국가직 공무원도 공무원인데 왜 선거 업무는 지방직이 다 감당해야 하며 선관위는 뭘 하는 건지 애꿎은 다른 공무원들을 원망한 적도 있다.

우리나라의 선거 방식은 더 많은 국민이 더 편하게 자신의 한 표를 행사할 수 있는 방향으로 발전해왔다. 사전투표가 좋은 예다. 예전에는 미리 부재자투표 신청을 해야 했고 신청 기간을 놓치면 투표를 위해 선거 당일에 주민등록상의 주소지까지 직접 갈 수밖에 없었다. 말만 들어도 번거롭다. 지금은 사전투표가 편리한 제도라고 생각하지만 사실 2013년 사전투표가 처음 도입됐을 때는 누구보다 침통했다. 본 투표 하루만으로도 힘들어 죽겠는데 이틀이나 더 새벽에 나와 온종일 투표소에서 일을 해야 한다니……. 누가 만든 제도냐는 푸념이 절로 나왔다.

아무도 우리의 수고를 알아주지 않는다는 것도 힘들었던 점 중 하나다. 평소 인터넷에 올라오는 공무원에 대한 댓글은 그냥 넘기는 편이었지만, 넘치는 민원에 선거 업무까지 처리하고 집에 돌아온 늦은 밤에 '공무원, 특히 주민센터 공무원들은 다 놀고 있다. 반은 잘라야 함'이란 댓글을 보면 기운이 빠질 수밖에 없었다. 그럴 때면 사람들은 왜 보이지 않는 수고를 헤아려주지 않을까 하는 서운함과 씁쓸함이 밀려오곤 했다.

선거에 대한 인식이 확 바뀐 것은 2017년 대선 때였다.

전 국민이 염원하는 바른 변화를 위한 현장에 직접 참여한다는 자긍심이 생겼다. 이번 선거가 내 공무원 인생의 마지막 선거가 될 것 같다는 예감까지 더해졌고, 그제야 내가 하고 있는 노동의 가치, 일의 의미에 대해 다시 생각해볼 수 있었다.

한 가지 다행스러운 일은 SNS, 유튜브 등 세상의 정보를 공유하는 창구가 점점 더 다양해지고 있다는 것이다. 덕분에 어떤 직업을 단편적인 사실과 고정관념으로만 평가하는 일이 줄었다. 최근에는 코로나19 사태로 의료진과 공무원들이 불철주야 고생하고 있다는 보도도 자주 보인다. 그런 노력을 알아주고 걱정과 응원을 전하는 댓글들을 볼 때면 더 이상 공무원이 아닌 나도 울컥하곤 한다. 남들이 알아주건 알아주지 않건 공무원이라면 어차피 해야 하는 일인데 댓글 따위가 뭐가 중요하냐 싶겠지만, 직업에 대한 타인의 인정은 생각보다 큰 힘이 된다. 투표를 독려하는 분위기와 높아진 투표율도 바람직하다. 국민을 주인공으로 모시는 나라 최대의 잔치를 열심히 준비했으니 이왕이면 많은 사람들이 와서 소중한 한 표를 행사해주면 좋겠다.

선거가 끝나면 하루 종일 포털사이트 뉴스 탭을 도배하던 관련 뉴스들이 서서히 줄어든다. 공무원들도 언제 선거가 있었냐는 듯이 도돌이표처럼 반복되는 당면업무로 돌아간다. 마땅히 해야 하는 일이라는 이유로 본인 스스로조차 아무것도 아닌 것으로 치부해버리기 쉬운 개개인의 수고를 헤아려본다. 그리고 그들에게 말하고 싶다. 세상이 좋은 방향으로 나아가기 위해 꼭 필요한 일에 당신이 중요한 역할을 했다고, 그 고생과 노력에 누군가는 진심으로 감사해하고 있다고 말이다.

첫 선거

첫 선거를 앞두고

계장님, 선거는 선관위에서 하는 거죠?

해맑

선거는 지방직 공무원 업무의 하이라이트지

근엄 진지

이제 시작일 뿐이라네

공무 수행

선거인 명부 보자기로 고이 싸매기

화창한 주말 오후

벽보를 누가 붙이나 했더니 이제 알았네

1 우라기 2 르꺼리 3 칭퉁개 4 치타 5 여우

선거 당일1

17:30

투표함 호송하러 오셨구나. 이제 선거가 끝나간다

본인 확인 하는곳

18:00

모여주세요~ 투표함 봉인합니다

긴장

투표함

18:40

개 표 소

서둘렀는데 줄이 이렇게 기네

20:00

선거 끝!

순아, 너 내일 보안인 거 알지. 아침 7시 반까지 나올 수 있어?

나는 왜
프로 회식탈주범이 됐나

세금으로 월급을 받는다는 것만 다를 뿐 공무원도 직장인이다. 그리고 생계를 위해 싫은 일을 참아내는 것은 직장인의 기본 덕목이라 할 수 있다. 이 '억지로 해야 하는 일' 목록에서 빼놓을 수 없는 것이 하나 있으니, 그것은 바로 회식이다. 주민센터에서는 직원 환송회나 송년회 같은 본래 의미의 회식 외에 동에서 주관하는 행사가 회식으로 연결되는 경우가 적지 않다. 행정감사가 있어도, 체련대회가 있어도, 경로잔치가 있어도, 직원 족구대회가 있어도 '자, 다들 수고했으니 한잔합시다!'라는 말과 함께 크고 작은 회식의 장이 열린다.

주민자치위원회나 통장협의회 같은 단체는 동 행정에 있

어 아주 중요한 역할을 하기 때문에 단체 야유회, 송년회 등의 모임에 주민센터 직원들도 참석하는 경우가 많다. 처음 단체 분들과 회식을 가진 날, 묘한 기시감에 어리둥절했던 기억이 난다. 직장인의 회식이 분명한데 마치 명절 때 외갓집에서 이모부가 건네주는 소주 한 잔 마시고 친척들 앞에서 트로트 한 곡을 부르는 기분이었다. 동에서 일하면 통장님이 내 삼촌 같고 주민자치위원회 간사님이 내 이모 같아지기 마련이다. 주민들과 함께하는 자리라서 더 불편하고, 직원들과의 오붓한 회식은 더 편하고 하는 차이는 없었다. 왜냐하면 난 회식이라면 그 어떤 자리든 평등하고 일관되게 마다하고 싶었으니까.

퇴근 후 회식 장소로 향하는 직원들의 다급한 발길을 보라. 식당에 들어가자마자 외진 자리가 어디인지부터 스캔한다. 상석으로 보이는 자리에서 최대한 멀찍이 떨어진 곳에 친한 직원들끼리 4인 테이블을 선점하기 위해 애쓴다. 늦게 회식 자리에 도착해 동장님과 주민자치위원장님이 포진한 테이블 바로 옆에 앉게 된다면 긴장으로 얼굴이 굳어진다. 술 좋아하기로 유명한 팀장님과 한 테이블이라면 이번 회식은 망했다는 생각으로 자포자기해야 한다.

"우리 구와 동의 무궁한 발전을 위하여~!"

건배사와 함께 본격적으로 회식이 시작된다. 멀쩡했던 사람들이 하나둘씩 술에 취해가는 건 이제 시간문제다. 누구나 마찬가지겠지만 나는 술만큼은 강제로 마시고 싶지 않다. 그렇다고 결연한 표정으로 권하는 술잔을 쳐내며 분위기를 해칠 만한 위인도 못 된다. 공무원에 임용된 것이 벌써 10년도 더 된 일이니 굳이 따지자면 나도 소주 몇 잔 파도타기 할 용의 정도는 있는 '옛날 사람'이다. 하지만 의지와 상관없이 잔을 비워야 하는 일은 언제나 고역이었다.

술에 취하면 사람은 실수를 한다. '어제 팀장님이랑 주임님이랑 만취해서 서로 싸웠잖아. 옆에서 얼마나 집에 가고 싶던지'라며 전날 회식 때 일어난 일을 다음 날 출근해서까지 되새기고 싶지 않다. 술에 취해야 드러나는 인간 내면의 다양하고도 기이한 모습은 친밀한 사이에서만 보고 싶다. 실수는 단순한 해프닝을 넘어 불미스러운 일로 번지는 불씨가 되기도 한다. 술을 마시면 예의가 없어지고 남의 인생에 감 놔라 배 놔라 오지랖을 부리는 사람도 있다. '내 인생은 옳고, 니 인생은 틀렸다'는 식의 아무 말 대잔치의 강제 청취자가 되는 일도 괴롭다.

사람이라면 술도 마시고 실수도 하고 남의 인생에 참견도 할 수 있지, 공무원이 무슨 로봇도 아니고 그런 것까지 뭐라

하면 너무 인간미가 없지 않냐고 할 수도 있다. 물론 그것도 틀린 말은 아니다. 그렇지만 끝까지 참기 힘든 한 가지가 있다. 왜 회식의 끝은 항상 노래방이란 말인가? 공무원도 대한민국 국민이니 한민족의 흥을 누가 말릴 수 있겠냐마는, 시끄러운 장소가 질색인 데다 노래까지 못 부르는 나는 노래방에 갈 때마다 울상이었다. 팀장님의 소울 넘치는 트로트 열창을 들으며 '나는 왜 흥의 나라에서 태어났지, 핀란드 같은 나라에서 태어났으면 좋았을 텐데' 하며 뜬금없이 국적에 대한 고찰을 했다. 그러면서도 분위기를 깨기는 싫어 팔이 아플 정도로 탬버린을 흔들다가 끝도 없이 서비스를 넣어주는 노래방 사장님을 미워하기도 했다.

공무원의 회식에도 장점은 있다. 동에 따라 다르지만 그 빈도가 아주 자주는 아니라는 것. 단순히 상사의 기분을 맞추기 위해 전체 회식을 강행하는 비민주적인 일은 일어나지 않으며 도주의 자유가 어느 정도 보장된다는 점이다. 회식 때 도망갔다고 동장님한테 찍혀서 승진을 못하는 일은 없다. 신규 직원 티를 벗으며 나는 프로 회식탈주범으로 거듭났다. 살길은 탈출뿐이었다.

그럴 거면 애초에 회식에 참가하지 않으면 좋았을 텐데

소심한 성격 탓에 그럴 용기는 내지 못했다. 항상 1차 회식이 끝난 후 기회를 노렸다. 틈이 생기면 정말 열심히 도망갔다. 그러나 탈출에 성공한다 해도 안심하기는 이르다. 다음 날 출근해서 왜 어제 도망갔냐고 묻는 상사가 있으면 미소에 콧소리까지 섞어가며 "죄송해요. 제가 어제 몸이 너무 안 좋았어요옹~"하며 회식 탈출의 끝점을 찍어야 한다. 덕분에 공무원 생활을 하면서 애교가 늘었다.

술과 실수와 사생활을 함께 나누는 회식이 조직에 꼭 필요한가? 난 아니라고 믿는다. 구청에서 일하던 시절 웬만하면 회식을 하지 않는 부서에 있었던 적이 있다. 회식이 없던 그때가 내 공무원 인생에서 팀워크가 가장 좋았던 시기였다. 시끄러운 고깃집 대신 가성비 좋은 한정식집에서 팀 송년회를 열었고, 밥을 먹고 나서는 바로 해산했다. 물론 구청과 달리 주민센터는 그 업무 특성상 지역 행사와 그에 따른 회식이 필요한 경우가 있지만 최소한의 회식으로 최대한의 효율을 추구해 줬으면 하는 바람이다.

공직에도 개인주의의 바람이 불고 있다. 처음 임용됐을 때와 의원면직 직전의 회식 분위기도 많이 달랐다. 그럼에도 회식 자체가 많은 직원들에게 부담이라는 사실은 변함없다. 같이 술을 마셔야 사람과 사람이 가까워지고 사기가 올라간다고 믿는 회식 사랑꾼들에게 나는 이제 그 자리에 없으니 제발 누가 대신 말 좀 해줬으면 좋겠다. 요즘 직장에서의 수고는 '한잔합시다!'가 아니라 '집에 일찍 갑시다!'로 격려받을 수 있다고.

회식 탈출의 4단계

1. 존재감을 지우기 위해 가방은 소지하지 않거나 작은 것으로 준비

아, 맞다. 오늘 회식이지

BAG

휙

BAG

2. 백지장도 맞들면 낫다. 같이 탈출할 동료를 구한다

함께하겠나, 동료여

끄덕

왁자지껄

3. 흥겨움이 절정일 때를 노린다

노래방!!

와! 노래방!

슬금슬금

4. 최대한 자연스럽게 백스텝으로 사라진다

집

MOONWALK

노래방

>>>

>>>

탈출 포기

우리 직원들 고생 많았으니까 노래방 갑시다

네!

자치위원장님의 초대라니 오늘은 탈출 포기

자자~ 호순이 주임도 고생했어요! 마이크 갑니다

역시 흥이 넘치네

당신은 나의 빳떼리 ~♪

피할 수 없다면 즐겨라

이것은 취기가 아닙니다
살아남기 위한 몸부림입니다

다 함께 노래방

Chapter 2

공무원이 되어 만난 세상,
그리고 사람들

공무원형 인간은
존재하는가?

일하는 동안 어깨와 손목 통증으로 병원을 자주 다녔다. 그날도 병원에 가서 한창 물리치료를 받던 중, 기계로 손목을 마사지해주던 물리치료사에게 뜬금없이 물었다.

"선생님, 이 일 많이 힘드시죠?"

내 적성과 공무원이라는 직업이 매일같이 치열하게 충돌하던 시기였다. 물리치료사는 치료와 관계없는 물음에도 상냥하게 입을 열었다.

"아니요, 저는 이 일이 성격에 맞아요. 사람들이랑 가까이에서 이야기 나누는 것도 재밌고 보람도 있고요."

예상하지 못한 대답이었다.

"일이 적성에 맞아서 하는 사람이 어디 있니? 다 먹고살려고 하는 거지."

공무원이란 직업이 내 성격에는 도무지 맞지 않는 것 같다고 말할 때마다 아버지가 내게 해준 말이다. 완전히 수긍하긴 어려웠지만 그 말은 효과 좋은 진통제 역할을 했다. '나만 힘든 게 아닐 거야. 다들 버거운데 먹고살려고 노력하는 거지'라고 생각하면 조금 더 버틸 수 있었다. 어쩌면 물리치료사에게 질문을 던졌을 때 내가 정말로 듣고 싶었던 답은 "네, 너무 힘들어요. 다 먹고살기 위해서 하는 거죠" 같은 것이었을지도 모른다. 그런데 자신과 맞는 일을 하고 있다는 대답이 돌아온 것이다.

일은 힘들다. 하지만 같은 환경에서 같은 일을 한다고 해서 모든 사람들의 스트레스 강도가 동일한 것은 아니다. 동료들에게 물어보면 각자 힘들어하는 부분이 있지만 그렇다고 나처럼 매일, 진지하게, 그리고 오랫동안 공무원을 그만둬야겠다고 고민하는 사람은 없었다.

　'다른 사람들은 잘 버티는데 왜 나만 유독 더 힘들까?'

　이 질문의 대답은 언제나 '내가 나약해서 그래. 난 왜 이렇게 약해빠졌을까?'라는 자책이었다. 오랜 시간 이 질문과 대답을 반복한 후에야 놓친 것을 발견했다. '왜 힘들까?'라고 질문하기 전에 '나는 어떤 사람인가?'를 먼저 물었어야 했다.

　코로나 사태로 집에만 머물러 심심하던 차에 최근 사람들이 많이 한다는 MBTI 검사를 해봤다. 4가지 선호 지표를 조합하여 사람의 성격을 16가지 유형으로 나누는데, 나는 이번에도 INFP가 나왔다. 공무원 재직 시절에도 여러 번 테스트를 했었는데 한 번은 ENFP, 나머지는 일관적으로 INFP였다. 인터넷에 떠도는 약식 테스트라 정확하지도, 결과가 절대적이지도 않다는 걸 알고 있었지만 처음 내 유형을 확인했을 때 그냥 재미로 넘길 수가 없었다. 그동안 왜 힘들었는지 실마리를 찾은 기분이었기 때문이다.
　내 유형은 이상적이며 에너지를 자신의 꿈과 비전에 쏟아

붓는다. 감정에 예민하고 비논리적이다. 그런 사람이 지극히 현실적이고 모든 일을 원칙에 의거해서 논리적으로 처리해야 하는, 보수적이고 경직된 조직에서 일하고 있으니 남들보다 고군분투하는 것이 당연해 보였다.

MBTI 성격 유형을 기반으로 한 직업 선택 안내서 《나에게 꼭 맞는 직업을 찾는 책》에 따르면 16가지의 MBTI 성격 유형은 크게 전통주의자(SJ형 기질), 경험주의자(SP형 기질), 이상주의자(NF형 기질), 개념주의자(NT형 기질)로 분류할 수 있다. NF형인 내가 공무원을 그만두고 싶다는 충동을 멈출 수 없었다면 반대로 공무원형 인간이라고 부를 만한 유형도 있지 않을까? 이름만 봐도 느낌이 온다. 바로 전통주의자다. 이 유형에는 ESTJ, ISTJ, ESFJ, ISFJ가 있다. 전통주의자가 추구하는 직업 유형은 남에게 봉사하는 일, 막중한 책임과 지배력을 갖는 일, 큰 변화 없는 안정적인 환경, 가능성과 방향성이 명확한 업종, 노력의 결과를 예측할 수 있는 일이라고 한다.

나는 주어진 일이라면 어떤 일이든 책임을 다하며 불평 없이 공무원으로서의 의무를 다하는 사람들을 부러워했다. 그들은 조직 내의 규칙을 잘 따르고 성실하며 강인했다. 자신의 일과 조직에 헌신적이며, 직업이 주는 혜택을 제대로 인지하고 활용할 줄 아는 현실적인 사람들이었다.

이 글을 쓰면서 재미 삼아 예전 동료 몇 사람에게 테스트를 부탁했다. ISTJ 1명, ISFJ 2명, ISTP 1명, ENFP 1명이었다. 그중에서도 ISTJ형으로 나온 사람은 평소에도 어쩜 그렇게 묵묵히 일을 잘하는지 대단하다고 여겼던 직원이었다. 그는 늘 공무원 업무 프로세스를 관찰하고 개선점을 찾아내곤 했다. 전통주의자 중에서도 ISTJ, ESTJ는 공무원에 적합한 유형으로 특히 많이 언급되는데 이 결과를 보고 MBTI 검사를 맹신할 뻔했다.

공무원에 적합한 유형의 사람이라고 해서 전부 조직생활을 잘하고 업무 스트레스를 적게 받는 건 아닐 것이다. 결국 모든 것은 개인의 문제로 귀결되기 때문이다. 여러 유형의 사람들이 다양하게 섞여 돌아가는 것이 조직이며, 그 안에서 누구나 자신의 역할을 가지고 있기 마련이다. 오직 성격에 맞지 않는다는 이유로 지금 하고 있는 일을 그만둔다면 그 수가 너무 많아 나라 전체가 멈출지도 모른다. 직업이란 취미처럼 재밌고 신나는 요소만으로 이루어지지 않는다. 아무리 좋다는 직업도 실제로 그 업에 종사하지 않으면 알 수 없는 직업적 고충이 있다. 천직이라고 여기는 일을 하더라도 그 일의 모든 것이 나와 맞을 수는 없다.

일에 자신을 맞추면서 우리는 감춰졌던 능력을 끌어내고

성장하며 강해진다. 그 과정만으로도 충분히 가치 있는 일이다. 나만 해도 공무원이라는 직업 덕분에 현실을 인식할 수 있게 됐고 사회성과 책임감을 익혔다. 과장을 조금 보태자면 공무원이라는 직업을 통해서 사람 구실을 하게 됐다고 말할 수 있을 정도다. 타고난 성향을 살릴 수 있는 일을 하고 있다면 더할 나위 없지만 그게 아니라도 괜찮다.

그럼에도 지금 있는 자리가 힘들다면, 그것이 누구나 겪는 밥벌이의 고통을 뛰어넘어 자주 당신의 모든 것을 흔들어댄다면 신중하게 생각해보는 시간을 가져보는 게 어떨까. 심리검사든 독서든 다양한 일을 직접 경험해보는 것이든 내가 어떤 사람인지 알아볼 필요가 있다. 그런 다음, 선택을 하면 된다. 지금 있는 곳에서 장점을 더 개발하고 단점을 보완하면서 버티는 게 나은가? 위험을 감수하고 성격에 부합하는 쪽으로 새로운 직업을 선택할 것인가? 생계나 다른 이유로 지금 당장 결정하지 못해 방황하는 사람에게도 언젠가는 결단을 내려야 하는 때가 온다. 어느 쪽이건 그 선택에 따른 새로운 길이 보일 것이다.

나는 그림을 그리고 글을 쓰는 것을 업으로 삼고 싶었다. 새로운 직업을 위한 내 노력은 진행 중이다. 그래서 자신 있고 명쾌하게 내게 맞는 일을 해나가는 것에 대해 단정적으로 정의하기 아직 어렵다. 대신《나에게 꼭 맞는 직업을 찾는 책》에서 인상 깊게 읽은 문구 하나를 소개하고 싶다.

> 자신에게 맞는 직업은 당신의 삶을 향상시킨다. 그러한 직업은 당신 성격의 가장 주요한 특성을 발달시키기 때문에 개인적인 성취감을 느끼게 한다. 즉, 자신에게 맞는 일을 한다는 것은 원하는 방식대로 일할 수 있다는 것을 말하며 동시에 그 일이 자기 자신을 반영한다는 것을 의미한다.
>
> – 폴 D. 티거·바버라 배런,《나에게 꼭 맞는 직업을 찾는 책》, 백영미 옮김, 민음인, 2016.

나는 일이 내 삶을 향상시키길 바란다. 더불어 다른 존재의 삶도 향상시키길 원한다.

가면 쓰기

나는 이런 사람

내가 을이었던 이유,
진상 민원인

매년 부처님오신날이 되면 생각나는 사람이 있다. 구청에서 주말 당직을 서고 있을 때였다. 갑자기 당직실에 한 사람이 불같이 화를 내며 뛰어 들어왔다. 그는 자신의 자동차 번호판이 영치(자동차세 체납 등이 발생한 경우 행정청에서 해당 자동차의 번호판을 분리하여 보관하는 행위)됐다며 당장 이를 풀어놓으라고 난리를 쳤다. 민원접수를 해드릴 수 있으나 업무는 월요일이 돼야 담당 부서에서 처리할 수 있다고 말하자 그는 랜턴용 사각 배터리를 집어들었다. 그리고는 곧 부처님오신날이라 오늘 꼭 절에 가야 하니 당장 번호판을 내놓지 않으면 내 얼굴에 그 배터리를 던져버리겠다고 윽박질렀다.

사람을 상대해야 하는 곳이라면 어디에나 진상이 있기 마련이다. 관공서에서는 악성 민원이라고 지칭하지만 진상 민원이라는 표현이 더 친숙하다. 어떤 사람을 진상 민원인이라고 부를 수 있을까? 민원실에서 혼잣말로 욕하는 사람? 조금 무섭긴 하지만 특정 인물을 향해 욕을 하는 게 아니라서 진상의 범주에 넣기는 애매하다. 버스 환승을 해야 하니 빨리 서류를 내놓으라고 짜증 내는 사람? 당황스럽지만 짧고 굵게 퍼부은 뒤 환승할인을 위해 부리나케 떠나버리므로 진상이라고 부를 새도 없다. 단순히 반말이나 몇 마디 욕을 했다고, 서류를 발급받은 후 수수료가 없다며 외상을 요구한다고 해서 진상 민원인의 범주에 들어가는 것은 아니다. 그런 것쯤은 워낙 자주 겪어서 아무렇지도 않다. 아니, 아무렇지도 않아야 한다.

인격모독적 발언 및 욕설이 섞인 폭언으로 상대방에게 정신적 피해를 끼친 경우, 신체적 위해를 가한 경우, 일련의 소동이 다른 민원인들에게 공포를 유발하고 업무 처리에 악영향을 준 경우 정도는 돼야 대한민국 관공서에서 진상 민원인의 반열에 오를 수 있다. 개인적 경험을 토대로 진상 민원인의 유형을 정리해봤다.

1. 목적달성형

민원을 보러 왔는데 요건이 맞지 않을 때 주로 발생한다. 처리가 불가능하다는 안내를 받으면 일단 소리부터 지른다. 관공서 방문 전부터 자기가 원하는 것을 꼭 쟁취하고야 말겠다는 일념 아래 계획을 세우는 사람도 드물지만 존재한다. 이런 경우 고성과 폭언으로 담당 공무원의 정신을 나가게 한 후 본인의 목적을 달성하려고 하므로 정신을 똑바로 차려야 한다.

2. VIP형

자신은 특별하니 그에 걸맞은 특급대우를 원하는 스타일이다. '이름 석 자를 적어달라'라고 말했다가 성함이라는 존칭을 쓰지 않고 이름이라는 단어를 사용했다고 폭주하는 경우도 봤고 지문을 찍어야 하는데 더러운 손으로 만지지 말라고 본인이 직접 하겠다고 하는 사람도 있었다. 이런 사람들의 심기를 건드렸다면 무조건 납작 엎드려 잘못했다고 하는 게 사태를 진정시킬 수 있는 제일 빠른 방법이다.

3. 국가불신형

이미 나라와 공무원에 대한 불신으로 가득한 유형. 이런 유형 앞에서는 절대 실수하지 않는 게 중요하다. 그러나 이 유형의 진상 민원인들은 등장하는 순간부터 말투와 표정으로 상대를 압박하기 때문에 평소라면 하지 않는 실수를 할 가능성이 높아진다. 기계가 버벅거려 서류 발급이 지체되기라도 하면 "니들이 하는 게 다 그렇지", "머리에 똥만 들은 게 거기 앉아서 뭐 하는 거야!"라는 말을 들을 수 있다.

4. 취객형

한국은 주취자에게 관대한 나라다. 만취 상태로 신분증 없이 서류를 떼달라고 난동을 부리다가 그 자리에서 소주 병나발을 부는 사람이 있어도 제약할 방법이 없다. 말이 통하지 않는 데다 한번 자리에 앉으면 집에 가지도 않아서 정말 대하기 어려운 유형이다. 관공서 내 음주측정기 필수 비치, 음주 시 출입 제한 등의 제도 도입이 시급하다.

5. 어쩔 수 없는 형

우리 모두 정신적으로 어딘가 건강하지 못한 면을 가지고 있지만 그 정도가 심해서 혼자 감당하기 힘든 사람들이 있다. 알아들을 수 없는 욕을 하며 다짜고짜 소리를 지르는 공격형도 있고 하루에도 몇 번씩 사무실을 찾아와 똑같은 질문을 하는 수동형도 있다. 이런 경우는 인간에 대한 연민으로 이해하고 감싸주는 것밖에 답이 없지만 직접 당하면 그 끝을 알 수 없어서 괴롭다.

이 밖에도 인생이 잘 안 풀릴 때 클럽을 찾듯이 근처 관공서에서 성질을 내며 기분 전환을 하는 '클럽형', 화창한 날에는 잠적해 있다가 온 세상이 비로 촉촉해지면 생존신고를 하기 위해 주민센터를 방문해 소동을 벌이는 '날궂이형' 등 다양한 유형들이 존재한다.

예의 바르고 선량한 민원인들이 대다수지만 소수가 만든 파문은 깊고 넓게 퍼진다. 진상 민원인 앞에서 모든 공무원은 평등하다. 대응 능력이 떨어지는 신규들이 더 자주 타깃이 되기는 하지만 진상 앞에서는 베테랑도 별 대책이 없다. 직원들 사이에서 까칠한 선임인 7급 주임님 얼굴에 민원인이 서류를 찢어서 던지는 일도 봤고 똑 부러지기로 소문난 복지직 주임님이 멱살을 잡히는 일도 목격했다. 다른 과 직원이 뺨을 맞는 일도, 발길질을 당하는 일도 있었다. 심지어 나이가 지긋한 동장님, 과장님들도 삿대질을 하며 달려드는 사람들 앞에서는 속수무책이었다. 불시에 벌어지는 봉변 앞에서 공무원이 할 수 있는 일은 견디는 것뿐이다. 돌발상황에서 우리를 지켜줄 안전장치는 직원 개인의 위기 대처 능력이 전부다. 운이 좋다면 용감한 동료들의 만류 정도를 추가할 수 있다. 경찰에 신고하는 경우도 있지만 이는 사무실 전체가 발칵 뒤집힐 만큼 상황이 심각해야 가능한 일이다. 큰소리가 나면 무조건 공무원이 손해이기 때문에 뺨을 맞아도 발길질을 당해도 가해자에 대한 후속조치를 취하지 않고 그냥 넘어가는 일이 대부분이다.

이는 비단 공무원만 겪는 문제가 아니다. 인간에 대한 기본적인 예의를 무시하고 타인에게 피해를 주는 진상은 어디에나 있다. 사람은 누울 자리를 보고 다리를 뻗기 마련이다. 본인의 무례하고 공격적인 행동이 용인되리라는 확신, 나아가 고성과 협박이 자신에게 이익이 된다는 학습을 통해 거리낌 없이 그런 행동을 반복한다. 어쩌면 진상은 사회가 만들어내는 것일지도 모르겠다.

다시 몇 년 전, 부처님오신날을 앞둔 주말의 당직실로 돌아가보자. 상황은 갑작스럽게 해결됐다. 내가 배터리로 얼굴을 얻어맞을 준비를 하고 있는 사이에 다른 직원이 지푸라기라도 잡는 심정으로 세무과에 갔다가 마침 주말출근을 한 직원을 만나서 이 소동을 전한 것이다. 그분의 도움으로 영치를 푼 민원인은 완전히 다른 사람이 되어 음료수를 내밀며 내게 사과했다. 일이 잘 풀렸지만 뭔가 개운치 않았다. 운 좋게 영치를 풀어줄 직원을 만나지 못했다면 나는 어떻게 됐을까? 내가 그러하듯 그 사람도 오늘을 기억할 것이다. '그것 봐, 우리나라는 고함지르면서 난리 치면 안 되는 일이 없어'라고 자신의 행동을 정당화할 것이다. 진상이 계속 진상으로 존재하는데 내가 일조한 것 같은 기분이 들었다.

분명 그렇게 행동할 수밖에 없었던 그 사람의 사연이 있을 것이라 여기면서도 다른 사람에게 공포와 두려움을 안겨주는 자들의 사정까지 일일이 이해하고 포용하고 싶지는 않았다. 그날로부터 시간이 많이 흘렀고, 이제 그 일은 내가 많은 사람을 대하는 직업을 갖는 동안 겪어야 했던 수많은 에피소드 중 하나로 남았다. 그런데 이상하게 온 세상이 생명력으로 가득 차 아름답게 빛나는 5월 무렵이 되면 궁금해진다. 다른 사람을 겁박하려던 그 마음에도 부처님의 자비가 환하게 내려앉았는지 말이다.

빌런의 사연

진상 민원인을 상대한다는 것은
퇴로가 없는 게임 같은 것

원칙에 따라 설명하려고 해도

꽤 — 액

고지서

무조건 잘못했다고 빌어도

니가
돈 내!

풀썩

언제나 패배로 끝나는 게임

진상 vs 진상

그 사람

그래도
공무원

🐱 스스로 공직사회를 떠난 전직 공무원의 입장에서 '여러분
~, 공무원 하세요. 너무 좋아요!'라고 먼저 말하기는 쉽지 않
다. 하지만 누군가 공무원 시험을 준비하고 있다고 하면 나는
진심으로 그 사람의 합격을 빈다. 절대 '이렇게 힘든 거 당신도
한번 해보세요'라는 놀부 심보로 하는 말이 아니다. 사람들이
좋다고 하는 데는 다 이유가 있다.

내가 생각하는 공무원의 가장 큰 장점은 조직운영의 기준
이 확실하다는 것이다. 공무원에게 적용되는 기준은 다름 아
닌 법이다. 민원인 앞에서는 언제나 을인 주민센터 9급 공무원
이라도 임용·승진·보수·징계 등 모든 인사관리는 지방공무원

법의 테두리 안에서 이루어진다. 임용권자(인사권자)가 있으나 직원 개개인의 처우를 마음대로 좌지우지하는 막강한 권한이 주어지진 않는다. 인사가 언제나 공정할 수는 없어도 작은 회사를 다닌 경험이 있는 나 같은 사람에게는 그런 기준이 있다는 것 자체가 든든한 울타리였다. 공무원이 되고 나니 변태 같은 사장에게 점심시간마다 자신의 허리가 튼튼해서 벌어지는 일에 대한 성희롱적 발언을 듣거나, 100만 원밖에 안 되는 월급에 신혼여행마저 무급휴가로 다녀와야 했던 과거의 내가 안타깝게 느껴졌다.

이런 연유로 공무원은 상명하복의 조직임에도 개인이 독립적으로 움직일 수 있는 여지가 있다. 적극적으로 라인을 타고 구청 내 권력층에 편입하는 사람이 있는가 하면, 누구에게도 고개를 숙이지 않고 (물론 민원인은 제외) 내 할 일만 하며 정년까지 가는 사람도 있다. 물론 후자는 한직에 머무르거나 승진이 늦어질 가능성이 크지만. 직장 내 괴롭힘도 상대적으로 그 빈도가 적다. 상사와의 갈등과 같은 고충이라고 불릴 만한 사유가 발생하면 어떻게든 해결할 방법을 찾을 수 있기 때문이다. 지방공무원법에 따르면 공무원은 누구나 인사·조직·처우 등 각종 근무조건과 그 밖의 신상 문제에 대하여 인사상담이나 고충의 심사를 청구할 수 있으며, 임용권자는 이를 이유로 불이익을 주는 처분이나 대우를 해서는 안 된다. 나는 겁이 많고 눈치도 많이 보는 성격이어서 재직 중에는 고충상담을 한 번도 받지 않았는데 지나고 보니 그런 제도를 이용하면 더 좋지 않았을까 싶다.

많은 사람들이 안정성을 이유로 공무원을 선택한다. 공무원은 형의 선고·징계 또는 법에서 정하는 사유가 아니면 본인의 의사에 반하여 휴직·강임 또는 면직을 당하지 않는다(1급 공무원 제외). 자고 일어나면 세상이 어떻게 될지 모르는 불안정한 시대에 무려 법으로 신분을 보장해주다니 정말 좋은 직업이다. 9급 공무원에게 이 안정성은 평범한 삶을 위한 발판이 되어준다. 잘나가지는 못해도 사회의 경계 밖으로 밀려나갈지도 모른다는 두려움 없이 일할 수 있다. 외벌이만으로 가계를 꾸려나가기는 버겁지만 맞벌이라면 나쁘지 않다. 경제적으로 모자람 없이 사는 비혼 공무원도 많다. 금액의 많고 적음과 상관없이 월급 밀릴 걱정을 하지 않고 장기적인 재무 계획을 차근차근 이뤄나갈 수 있다는 사실은 인간으로서의 자립을 보장해준다.

구성원 간의 치열한 경쟁이 없으며 한 조직에서 정년까지 일하므로 직원과 직원 사이가 친밀한 것도 공무원의 장점이다. 기본적으로 성실하고 친근하며 무난한 사람들이 많고, 평생 가는 친구를 만들 수 있는 직장이다. 나 역시 공무원을 그만둔 지 몇 년이 지났지만 아직도 첫 발령지에서 같이 일했던 동기들과 친밀한 관계를 유지하고 있다. 가정을 일구는 것 또한 장려된다. 육아휴직이 자유로운 것은 잘 알려진 사실이며 직장 내 어린이집도 청사 안이나 근처에 있기 때문에 아이들 손을 잡고 같이 출퇴근을 하는 엄마 아빠를 흔하게 만난다.

서울시의 경우 자치구당 직원 수가 보통 1,200~1,300명 대로 그 규모가 작지 않다. 서울시는 시험 응시에 거주지 제한이 없어 전국 각지에서 사람들이 모인다. 장애인 전형도 있다. 그래서 다양한 구성원들이 한데 어울려 일할 수 있는 점도 공무원이라는 직업의 매력으로 다가왔다.

공무원이 소시민의 워너비 직업이 된 지 오래다. 평범한 사람들에게 9급 공무원 공채는 나라가 제공하는 제대로 된 직장에 취업할 수 있는 기회다. 취업이 쉽지 않은 대학생에게도, 이미 취업을 했지만 좌절만 안겨주는 직장생활에 이력이 난 사람에게도 희망이 된다. 나는 비정규직 계약기간이 만료된 후 공무원 시험을 준비했다. 애매한 학벌, 어중간한 나이, 별것 없는 스펙에 앞으로 뭘 해야 할지 막막했을 때 공무원이 유일한 답이었다. 9급 공무원이라고 자랑할 것까지는 없지만 공무원이라고 하면 '그만하면 괜찮겠다'라는 소리는 들을 수 있다. 공무원을 하면서 제일 기뻤던 것은 정년 보장도 연금도 아니었다. 부모님이 내가 공무원이라는 사실을 너무나 좋아하셨다는 것이었다. 공무원이 됐다는 이유만으로 효자, 효녀가 될 수 있다.

공무원이라는 직업의 특성상 동네북이 되는 경우가 많다. 동네 주민들에게도 민원인에게도 절대 '을'의 자리에 위치한 지방직 공무원은 자존감이 깎이는 경험을 심심치 않게 한다. 언론에서도 공무원은 자주 지탄의 대상이 된다. 여기저기 두드려 맞다 보면 내가 이러려고 공무원이 됐나 싶어 울적한 심정이 되지만 공무원이란 직업이 주는 장점 앞에서 동네북이 되는 고난쯤은 참아내야 한다.

높은 경쟁률과 합격에 대한 확실한 보증이 없음에도 불구하고 많은 이들이 공무원 시험을 준비한다. 요즘은 나이 제한이 없어 다른 일을 하다가 늦은 나이에 공무원이 되는 사람도 많아졌다. 공무원이 된다고 인생이 수월하게 풀리는 것은 아니지만 욕심이 많지 않은 사람에게는 꽤 괜찮은 삶을 위한 시작이 될 수 있다. 월급생활을 계속할 생각이었다면 나도 그만두지 않았을 직장이다. 그러니 혹시라도 공무원 시험을 준비하면서 이 공무원 회상기를 읽고 있는 분이 있다면 지금까지의, 그리고 앞으로 등장할 불평과 불만은 배부른, 아니 배불렀던 한 공무원의 한풀이에 불과하다고 여겨주시길.

공무원 시험을 막 준비하던 28살의 나로 돌아간다면 어떨까? 공무원으로 일하면서 산전수전을 다 겪고 정년퇴직이 아닌 의원면직으로 공무원 생활을 마무리한다는 사실을 모두 기억한 채로 다시 그때로 돌아가 선택의 기로에 서더라도 내 대답은 똑같다.

"그래도 공무원."

출근길 뉴요커

버티고 싶은 이유

업무 시간 중 화장실

제자리 뛰기로
화를 달래는 중

퇴근 후

괜찮아.
복지 포인트
나왔어

순이 너
월급 많지도
않은데···

나보다 엄마가
더 좋아하는 것
같아

이번에 순이가
8급으로 승진해서~

그만두고
싶다고 하면
실망하시겠지

조심히 가
일 잘하고~

동네북

일을 하다 보면 자주 동네북이 된 것 같은 기분이 든다

너무 힘들어…
그만두고 싶어

정신 차려!
배부른 소리
하지마

찰싹

찰싹

그럴 때면 합격이 소원이었던 시절을 떠올린다

노량진역

비둘기야,
나 꼭
합격할 거야

ㄱㄱ

마음껏 치세요

공인 동네북입니다

저는 나라가 보증하는

험담은
나의 힘

오전부터 정신없이 바빠서 진이 빠진 날, 점심시간만이라도 아무런 말을 하지 않고 쉬고 싶어서 혼자 카페에 왔다. 다들 밥을 먹으러 간 시간, 아직 구청 앞 카페는 한적했다. 따뜻한 커피 한 잔을 양손으로 감싸 쥐고 소중한 휴식시간에 감사해하고 있는데, 구청 직원인 듯 보이는 무리가 카페에 들어왔다. 그리고 곧 조용한 카페 안에서 낯익은 이름이 튀어 올랐다. 그렇다. 뒷담화였다. '그 사람이 욕먹을 짓을 했네. 다른 사람들한테 알려줘야지' 하고 흥미를 느끼기도 전에 한심하다는 생각이 먼저 들었다. 사람이 모이면 으레 다른 이들의 이야기를 하기 쉽지만 한 발짝 떨어져 방청객의 입장이 되고 보니 기분이 이상했다. 귀중한 점심시간에 향기로운 커피를 앞에 두고 직장 사람들의 험담을 하는 것만큼 비생산적인 일은 없어 보였다.

조용히 커피를 홀짝이며 그런 생각을 하고 있자니 나 자신이 한 마리 학처럼 고고하게 느껴졌다. 사실 나도 마음만 먹으면 저기 모여 있는 네 명 중에 넷의 뺨을 후려칠 정도로 심술궂은 얼굴과 음흉한 목소리로 뒷담화를 할 수 있다. 힘없는 하급 공무원이 직장 내 인간관계에서 이리 치이고 저리 치일 때 가장 쉽게 스트레스를 해소할 수 있는 방법이기 때문이다.

목소리만 들어도 짜증이 솟구치는 상대가 생겼다면 한시라도 빨리 이 화를 같이 나눠줄 사람을 찾게 된다. 평소 동지로 점찍어두었던 이를 찾아 조심스레 간을 본다.

"주임님, 그 팀장님 어떤 것 같아? 괜찮아요?"

대화 중에 무심한 듯 미끼를 던진다.

"글쎄, 잘 모르겠어. 말을 섞을 일이 없네."

실패다. 하지만 실망하기는 이르다. 대게 한 사람에게만 못되게 구는 사람은 없다. 다음 동지를 물색한다.

"아, 그 팀장님? 그 사람 진짜 이상하던데. 자기 팀 일도 별로 없으면서 이번에 새로 떨어진 업무를 우리 팀에 넘기려고 안달 났어. 바빠 죽겠는데 옆에 와서 '여기는 한가하네~' 이러는 거 있지."

드디어 두 손을 맞잡고 원 없이 험담을 나눌 수 있는 영혼의 동지를 만났다.

"그렇죠? 그 사람 진짜 이상하죠? 우리 팀도 아닌데 업무시간에 자꾸 나한테 와서 어깨를 똑바로 펴고 다니라는 둥, 씩씩하게 걸으라는 둥, 오만 잔소리야. 말투는 또 얼마나 거들먹거리는지 '너나 잘하세요'라고 말하고 싶은 걸 꾹 참았어요."

억눌렀던 불만이 터져 나와 서로 치열하게 물고 물린다. 단 1초도 쉬지 않고 대화가 이어진다. 속삭임이 주위에 새나가지 않도록 목소리를 낮추지만 그에 반비례해서 열기는 점점 불타오른다.

"맞아, 맞아."

상대방의 분노에 공감하며 힘차게 고개를 끄덕인다. 나뿐
만 아니라 주위의 많은 사람들을 힘들게 만드는 험담의 대상
에 대한 적개심으로 얼굴을 한껏 찡그린다. 방금 전까지도 기
운 없이 늘어져 있던 어깨에 힘이 들어간다. 대화 속에서 복수
는 쉽게 이뤄진다. 머리를 모으고 열정적으로 떠들며 우리는
완벽하게 하나가 됐다.

그러나 그렇게 한참을 떠들다가 돌아서는 순간 밀려오는
건 후회다. 노곤함이 느껴질 정도로 열심히 물고 뜯었지만 현
실에서 그 사람은 상처 하나 없이 건재하다. 소중한 시간과 에
너지를 쓸모없이 소진해버렸다. 아까까지만 해도 성공적인 복
수를 자축하며 후련함에 두근거리던 마음이 쓰라리다.

카페 창가로 들어오는 눈부신 햇살을 받으며 커피를 사이
에 두고 이슬같이 맑은 이야기만 나누는 사람도 있겠지만, 고
상한 인격의 소유자가 아닌 나는 사무실에서 받은 스트레스를
꼭 입밖으로 내뱉어야 속이 풀렸다. 그래서 이왕 할 거라면 몇
가지 규칙을 만들어 후회와 자책을 줄여보기로 했다.

- 험담은 돌고 도는 것, 내가 그러하듯 다른 사람들도 나에 대한 이야기를 한다는 사실을 기억하자.
- 험담은 대화의 양념처럼 존재해야 한다. 대화의 처음과 끝을 모두 뒷담화로 도배하는 사람은 되지 말자.
- 험담의 대상은 일대일의 정정당당한 싸움이 허락되지 않으며, 여러 사람들에게 골고루 불편함을 주는 사람으로 한정한다.
- 험담을 했던 대상이라도 관계 개선의 여지는 남겨놓는다.

가끔 험담이 험담을 부르는 무의미한 자동 반복이 시작되려고 할 때 이 규칙들을 상기하며 균형을 잡았다.

아무리 뒷담화를 미화해보려고 해도 당당하게 앞에서 이야기하지 못하고 뒤에서 눈치 보며 수군거리는 모습이 바람직하지 않다는 것을 안다. 하지만 뒷담화의 시간을 통해 상처받은 자존심을 회복하고, 무리 안에서 내 편이 되어줄 사람들과 연대했으며, 더 이상 가만히 당하고만 있지 않으리라 결의했다. 뒤돌아서면 밀려드는 허무함과 자괴감에도 불구하고 주위를 두리번거리며 소곤거리는 것을 멈출 수 없었다. 그 시절 험담은 나를 함부로 대하고 작아지게 만드는 사람들의 그림자를 떨쳐내는 힘이었다.

뒷담화의 태도

1. 당사자 귀에 들어갈 수 있다는 전제하에 험담을 한다

2. 다른 사람이 내 흉을 봐도 쿨하게 넘어간다

3. 뒷담화 시작 전 대상에 대한 확실한 입장 표명을 한다

4. 습관이 되지 않도록 주의한다

험담의 대용품

험담 대신 일기 쓰기로
직장 스트레스를 풀어볼까?

내 인생의
사회복무요원

아버지가 연명치료 거부 등록을 하신다고 해서 함께 건강보험공단을 찾았다. 넓은 사무실, 파티션 너머 각자의 컴퓨터 앞에 앉은 직원들은 무척 바빠 보였다. 그 분주한 풍경 속에서 입구 중앙에 앉은 청년 하나가 '이곳이 맞나?' 하고 쭈뼛거리는 민원인들을 안내하고 있었다. 그 청년에게 방문 목적을 알려야만 담당자를 찾아 사무실 내부로 들어갈 수 있는 시스템이었다. 마치 지옥문을 지키는 케르베로스 같았다. 나는 하얗고 앳된 얼굴의 케르베로스 청년과 마주 보고 앉아 아버지가 상담을 끝내기를 기다렸다. 청년은 필시 사회복무요원일 것이다. 왜 그는 사회복무요원, 일명 '공익'이 됐을까? 여기서 일을 하면서 어떤 생각을 할까? 직원들과는 잘 지낼까? 퇴근 후에는 무슨 일을 할까? 나도 모르게 같이 일했던 공익들을 떠올리며 그를 곁눈질했다.

공무원으로 일하면서 착하고 성실한 공익을 만나는 것은 제법 큰 행운이다. 특히 주민센터 업무 중에는 혼자 힘으로 할 수 없는 일들이 더러 있다. 성격상 누구에게 부탁하는 게 어려웠던 나는 공익 앞에서 항상 난처한 표정이 됐다. 그럴 때마다 내 공무원 인생의 첫 사회복무요원이었던 A군은 "주임님, 지금 이거 하면 되나요?" 하며 흔쾌히 짐을 덜어줬다. 이제 막 공무원이 되어 6개월간의 시보 시절을 근근이 버티고 있던 내게 A군의 "네, 주임님!"이라는 말은 응원처럼 들렸다.

곧이어 새로운 사회복무요원인 B군이 주민센터에 왔다. A군과 B군은 금방 친해졌다. B군은 성실했고 유머 감각에 의리까지 있었다. 동장님 흉내를 얼마나 잘 내는지 틈만 나면 성대모사를 해서 지친 직원들을 웃게 했다. 이유 없이 행패를 부리는 사람이 나타나면 뛰어나와서 막아줬다. 이렇듯 운이 좋았던 덕에 1 더하기 1이 2가 아니라 0이 되는 일이 다반사라는 것을 나중에서야 알게 됐다. 두세 명의 공익이 함께 근무할 경우 서로 사이가 좋지 않거나 일을 한 사람에게 미루는 일이 일어나기도 한다. 공익도 복무규정이 있고 그 규정을 제대로 지키지 않을 시에는 불이익이 있지만, 주민센터나 구청에서 그것을 강제하기는 현실적으로 힘들다. 나처럼 사람을 제대로 다룰 줄 모르는 강단 없는 직원과의 관계에서 공익의 성실성은 온전히 그 공익 개인의 품성과 의지에 의해 좌우되는 경우가 많다. 공무원 생활을 하면서 10명이 넘는 사회복무요원들을 만났다. 그중 모두와 합이 잘 맞았던 건 아니지만 초보 공무원 시절 환상의 콤비 A군과 B군을 만난 것만으로도 나의 '공익운'은 100점 만점에 90점 이상은 된다고 자부한다.

한창 바쁜 시기에는 웃지 못할 공익 쟁탈전이 벌어지기도 했다. 지하철역 앞에서 안전제일이나 환경보호 캠페인을 해야 하는데 이웃 돕기 바자회도 열어야 하고, 그 와중에 눈이 온다는 예보가 내려 염화칼슘을 꺼내와야 하는 일이 동시에 벌어지기라도 하면 각 업무의 담당자들이 여기저기서 공익의 이름을 불러댔다. 어느덧 시간이 흘러 공무원으로서 마지막 1년을 무사히 버티기 위해 공익운이 절실했던 나도 그 쟁탈전에 적극적으로 참여했던 적이 있다. 공무원 생활 막바지에 만난 C군이 그 주인공이었다. 공익이 해줄 수 있는 일은 제한된 영역의 보조적인 업무에 지나지 않지만 그 도움이 꼭 필요했다.

C군은 원래 내 자리 근처에서 서류 정리와 우편물 발송

준비를 도와줬는데 사무실 구조가 변경되면서 다른 팀 쪽으로 자리를 옮기게 됐다. 기존 업무에 새로 옮긴 팀의 업무까지 더해져서 바빠진 그를 그냥 놔둘 수 없었다……는 말은 핑계고, 나를 위해 팀장님께 사정해서 그를 원래의 자리로 데려왔다(본인의 의사를 물어보긴 했지만). 공무원의 때가 제법 묻었음에도 여전히 공익에게 일을 부탁하는 것이 어려운 탓에 일적으로 잘 맞는 C군을 포기할 수 없었던 것이다. 내 공무원 생활을 통틀어 주위를 신경 쓰지 않고 수완이라고 부를 만한 것을 발휘해본 적은 그때가 처음이자 마지막이었다. "이거 꼭 지금 해야 해요? 다른 애들 시키면 안 돼요?"라는 대답에 자존심을 굽히며 사정하지 않아도 되는 점만으로도 C군의 존재가 감사했다. 하루에도 여러 번 시끄러운 소리가 나는 사무실에서 "주임님, 여기는 진짜 너무 힘든 것 같아요"라고 조용하게 위로를 건네는 상냥함에 감동받았다. C군의 도움으로 나는 무탈하게 공무원을 그만둘 수 있었고, 그로부터 한 달쯤 지난 뒤에 그도 소집해제 됐다.

이 글을 쓰면서 '사회복무요원 헌장'이 있다는 것을 알게 됐다. 헌장에는 이런 문구가 있다.

·

우리들의 소중한 마음을 모아 사회를 밝히는 희망의 등불이 되어 아름다운 세상을 만들어나간다.

이 헌장을 가슴 깊이 새기면서 일하는 사회복무요원이 있을지 모르겠지만, 내가 만난 세 명의 공익은 자신도 모르는 사이 이 헌장을 실천하고 말았다. 소중한 마음을 모아 한 공무원의 앞길을 밝혀주는 희망의 등불이 됐다. 그런데 나는 그들의 공익 생활을 밝혀줬던가? 다른 것은 몰라도 예의 바르고 정중하게 그들을 대했다고 생각하지만 실제로 내가 그들의 짐을 덜어줬는지는 모르겠다. 대신 그들을 내 인생의 보물 같은 공익으로 여기며 두고두고 칭송하고 있다. 어디선가 이름 모를 사회복무요원을 볼 때마다 진심으로 그 세 사람이 어디서 무엇을 하든 행복하길 빌곤 한다.

혼자 할 수 없는 일

네, 간사님 오늘 오전에 바자회를 여신다구요?

어느 날 출근길

천막

의류

의류

바자회 준비

냥1동 이웃 돕기 바자회   주최 : 냥1동 주민자치위원회

혼자 해도 참 쉽죠?

꿈같은 소리 그만하고 현실로 돌아오자

공익들한테 도와달라고 해야 하는데 어쩌지?

쓰읍

일을 부탁하는 건 언제나 어렵다

내게 공익이란

공익 담당이 하는 일

복무 점검 있다고 했는데
아직도 안 오면 어떡해

애걸복걸

지금 일어났어?
복무 점검 기간이니까
제복 꼭 챙겨 입고 와.
알았지?

내 몸 하나 관리도 힘든데
사회복무요원 관리라니…
너무 스트레스야

공익복이
충만했던 때가
그립다

고마워

달라진 세상,
달라질 축제

🐹 몇 년 전, 이사 와서 처음으로 내가 사는 동네에서 열리는 지역 축제에 놀러 갔다. 파란 하늘 아래 노란 꽃들이 활짝 피어난 아름다운 풍경을 즐기기도 전에 시끄러운 음악 소리에 머리가 멍해졌다. 꽃밭 옆에 수없이 늘어선 천막에서는 전을 부치느라 기름 냄새가 진동했고, 꽃밭 사이사이 인파가 빼곡했다. 들어가지 못하게 쇠사슬로 막아놓은 안쪽까지 사람들이 들어가 사진을 찍는 바람에 꽃들이 흉하게 뭉개진 곳도 더러 있었다. 허겁지겁 그곳을 빠져나왔다. '다시는 이런 축제에 오나 봐라.' 그것이 지역 주민으로서 처음 축제를 경험하고 내린 결론이었다.

축제 현장에서 일하는 공무원의 입장에서도 축제는 달가운 일이 아니었다. 전담팀이 1년 내내 축제 하나를 위해 일한다. 구청장을 비롯한 높으신 분들의 관심사가 온통 집중되는 사안이라 축제가 가까워져 오면 그 팀에 관한 으스스한 소문이 구청에 파다했다. 팀원들이 새벽 2시에도 한낮처럼 불을 환히 켠 채 일하고 있었다거나 너무 야근이 많아서 가정불화까지 일어났다는 그런 이야기들 말이다.

나는 그 팀과 아무 상관이 없었지만 그렇다고 강 건너 불구경하듯 방관할 수도 없었다. 축제에는 그 지역 공무원 전체가 차출된다. 관련 팀 소속이 아닌 직원들은 축제기간 중 하루에서 사흘 정도 근무하면 되지만, 안 그래도 자주 있는 차출에 더해지는 특별근무라 그 자체가 부담이었다. 직사광선 아래 경광봉을 들고 바람같이 달려오는 자전거를 피해가며 관람객을 통제하고 있자면 꽃 축제가 너무나 아름다운 계절에, 그것도 꼭 주말을 끼고 열린다는 게 조금 슬퍼지기도 했다. 공무원들은 행사 진행부터 홍보 및 부대행사 모든 부분에 골고루 투입된다. 신규 직원은 코스튬을 입고 주민들과 함께 자치회관 퍼레이드에 참가하기도 하고 외모가 단정한 직원들은 축제 홍보를 위한 사진모델이 되기도 한다. 업무를 마친 금요일 저녁, 집으로 퇴근하는 대신 축제장에 가서 노래자랑에 참가한 동

주민 응원도 해야 한다. 꽃도 공무원도 축제의 성공적인 개최를 위해 한 몸을 바친다.

그나마 도심의 꽃 축제라 이 정도로 끝나는 거지 지역 경제 활성화에 사활을 건 지방의 축제라면 더 막중한 책임과 노동이 기다리고 있다. 2020년 상반기 가장 관심 있게 지켜본 뉴스는 화천군의 산천어 축제였다. 이상기후로 인한 고온 현상에 폭우까지 쏟아져 산천어 축제는 두 번이나 연기됐고 그때마다 몇백 명의 화천군 공무원들이 축제장에 넘친 빗물을 차단하기 위해 새벽부터 양동이와 삽을 들고 작업하는 모습이 매체를 통해 보도됐다.

우여곡절 끝에 산천어 축제가 열렸지만 이번에는 동물학대 논란이 이슈가 됐다. 이 축제 하나에 화천군민의 생계가 달렸다는 입장과 생명을 존중하는 시대 흐름에 역행하는 비교육적인 축제라는 의견이 대립했다. 축제가 끝난 후에도 뉴스는 이어졌다. 코로나 사태로 인해 2019년 180만 명이 찾았던 산천어 축제의 2020년 방문객은 40만 명 선에 그쳐 흥행에 실패했다는 내용이었다.

화천 산천어 축제는 지자체 주도의 축제 중에서도 성공적이라고 여겨지는 인기 축제다. 이 축제의 수익이 지역 경제의 향후 1년을 좌우할 정도라고 한다. 하지만 이상기후, 코로나19 바이러스, 생명 존중 인식의 확산 등의 여러 변수가 거듭 등장하는 상황에서 장기적 관점으로 보면 화천 산천어 축제도 지금까지 고수해온 행사 운영방식에 더 많은 변화를 모색할 수밖에 없을 것이다(이 글을 쓴 이후 계속되는 코로나 사태로 화천의 산천어 축제는 무산됐지만 산천어 가공식품을 판매한다는 뉴스가 나왔다).

물론 지역 고유의 환경과 문화재, 특산품 등을 내세워 개성과 특색 있게 운영되는 축제도 있다. 하지만 지역 축제 전반에 걸친 지적은 예전부터 꾸준히 있어왔다. 관 주도의 축제에는 한계가 있으며 어느 지역이든 비슷한 방식으로 축제가 운영된다는 것, 들어가는 예산에 비해 그 효과가 미미하고, 단기적인 성과를 내세우고 싶은 지자체장들의 선심성 사업으로 운영되기 쉽다는 것이 주된 내용이다. 전직 공무원으로서 축제의 현장을 가까이에서 지켜본 나도 그 지적에 공감하는 바다.

다행인 것은 많은 지자체들이 지역 축제를 재정비하고 있다는 점이다. 사업성 평가와 정책 토론을 거친 후 효율적인 운영을 위해 축제를 통폐합하여 행사의 질을 높이려는 지자체에 대한 뉴스를 어렵지 않게 찾아볼 수 있다. 또한 갑작스러운 바이러스의 창궐로 인해 눈앞에 닥친 새로운 세상은 아이러니하게도 이런 움직임이 다방면으로 확장되는 계기로 작용하고 있다. 지금까지 열어왔으니 앞으로도 매년 당연히 개최해야 한다는 식의 지역 축제는 이제 존재하지 않을지도 모른다. 더 이상 지역 경제 살리기라는 명분이 모든 것에 우선하지 않을 수도 있다.

책을 읽다가 충북 괴산에 한국에서만 자생하는 미선나무 축제가 있다는 것을 알게 됐다. 《식물의 책》에서 저자인 식물 세밀화가 이소영 씨는 이 축제에 대해 이렇게 말했다.

> 꽃 축제는 단순히 지역 경제를 위한 유인책으로 여는 것이 아닙니다. 그 궁극적인 목적은 사람들에게 해당 식물의 존재와 가치를 알게 하고, 보존의 중요성을 이야기하는 데 있어요.
>
> - 이소영, 《식물의 책》, 책읽는수요일, 2019.

산천어 축제에서 죽어가는 산천어 두 마리를 얻어 고향에 풀어주기 위해 애쓰는 과정을 담은 남형도 기자의 기사도 흥미롭다. '살리기 위한 축제가 더 즐거웠다'라는 기자의 말이 인상적이었다.

시키면 시키는 대로 할 수밖에 없는 공무원이지만 자신이 하고 있는 일이 가치 있는 일인지 아닌지는 본능적으로 느낄 수 있다. 가치 있는 일을 할 때 사람은 달라진다. 좀 고생스럽더라도 그 상황을 너그러이 받아들일 수 있다. 땡볕 아래 온종일 경광봉을 흔들고 있더라도, 한겨울 새벽에 양동이로 빗물을 퍼내더라도 일하는 마음만은 가벼운 그런 축제를 꿈꿔본다.

축제의 주인공

달라진 세상

고요한 꽃축제

오직 꽃과 당신이 주인공입니다
고요히 꽃밭을 거닐어보세요

- 일시 : 개화와 낙화 사이
- 장소 : 노란꽃 생태공원

재미로 상상하던 일이

제 11 회 노란 꽃 축제가 취소됐습니다

☀ 꽃밭 산책 시 마스크 착용, 거리두기 부탁드립니다

코로나로 인해 갑작스럽게 현실이 되어버려
당혹스러운 요즘

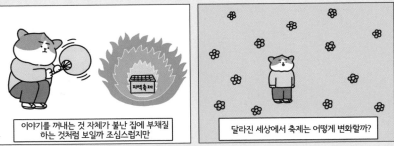

지역축제

이야기를 꺼내는 것 자체가 불난 집에 부채질
하는 것처럼 보일까 조심스럽지만

달라진 세상에서 축제는 어떻게 변화할까?

진심

단순히 즐기는 축제가 아니라 많은 것을 살리는,

주민도 공무원도 참여하는 보람이 있는 축제가 필요해

요즘은 친환경이 대세인데 우리 동네가 지자체의 파타고니아가 되면 좋겠다

저기요

제 혼잣말이 거기까지 들렸나요?

저희도 최선을 다하고 있는데;;

네, 잘 알고 있어요. 내가 사는 곳이 더 살기 좋은 곳이 되길 바라는 주민의 마음이라고 여겨주세요

내가 그렇게
만만한가요?

🐱 공무원으로 일하면서 자주 무기 없이 전쟁터에 나가는 기분을 느꼈다. 작은 키, 동그란 얼굴에 큰 눈, 상냥하지만 흐릿한 말투, 자신 없이 굽은 어깨 때문이라고 생각했다. 공격력 제로의 외모와 자세로 직장 내에서 사람들의 호감을 얻는 일은 어렵지 않았다. 그 호감이 일을 하는 데 있어서 많은 도움이 된 것도 사실이다. 그러나 일터에서 일어나는 사건들 속에서 나를 지키기 위한 수단으로는 충분하지 않았다.

주민센터 민원대에 젊은 여성, 젊은 남성, 나이 있는 여성, 나이 있는 남성이 앉아 있다면 상대적으로 젊은 여성이 제일 만만하게 보일 가능성이 크다. 그것도 작은 몸집, 순해 보이는 인상의 젊은 여자 직원이라면 바로 '당첨'이다. 보통 주민센터에는 따로 안내데스크가 없다. 처음 방문한 민원인이 어떻게 민원을 봐야 하나 애타게 직원들을 스캔할 때 그 레이더망에 내가 자주 포착됐다. 정문 가까이 위치한 자리 탓이라고만 생각하기에는 미심쩍었다. 바로 옆 창구에 눈에 띄게 '복지상담'이라고 써 붙여져 있는데도 내게 복지 관련 질문을 던지고, 굳이 비어 있는 창구를 두고 민원을 처리하고 있는 내 쪽으로 얼굴을 들이미는 경우가 종종 있었다.

대책이 필요했다. 남자가 되기는 불가능하니 조금 더 나이 들어 보이는 방법을 택했다. 앞머리 때문에 어려 보이는 것 같아서 앞머리를 길렀다. 하지만 그 뒤에도 상황은 크게 달라지지 않았다. 나중에는 눈썹을 진하게 그리고 입술을 최대한 붉게 바르기 시작했다. 그 방법이 효과가 있었냐고? 효과가 있었다면 지금 내가 남들은 한창 사무실에서 일할 시간인 한낮에 카페에서 지난날을 회상하며 키보드를 두드리고 있지는 않을 것이다. 열심히 눈썹을 그릴 때마다 눈두덩이에 빨간 아이섀도를 바른 금자 씨가 "친절해 보일까 봐"라고 말하는 장면을 떠올렸다. 나도 그렇게 되고 싶었다. 아침부터 시끄러운 주민센터에서 한바탕 난리를 겪고 나면 눈썹은 다시 반토막이 되고 입술도 하얘지고 말았지만. 지금 생각해보니 눈썹을 진하게 그리는 것보다는 싹 밀어버리는 편이 더 좋지 않았을까 싶지만 당시에는 꽤 진지했다.

사람을 대할 때 중요한 건 기싸움이다. 만만해 보이는 외모는 어쩔 수 없다 치자. 하지만 기마저 세지 않으니 타고난 조건이 불리했다. 승자가 되려면 승자의 태도를 취하라는 자기계발 관련 조언을 따라 일 잘하는 사람을 흉내내기도 했다. 등을 곧추세우고 단정하게 행동하며 최대한 말수를 줄인다. 조용하게 자신의 일을 해내는 데 집중한다. 갑자기 격무부서로 발령이 나도, 대직자가 휴직에 들어가 일 폭탄이 떨어져도 호들갑 떨지 않고 자신의 흐름에 맞춰 일하는 직원들을 보면서 나도 그 사람들의 자세를 따라 했다.

효과가 없지는 않았지만 근본적인 내면의 변화 없이 만만해 보이지 않으려는 노력은 연기에 지나지 않았다. 어깨를 쫙 펴고 당당하게 일하는 척하다가도 큰소리를 내는 민원인이나 불편한 상사와 마주하게 되면 금방 등이 원래대로 새우처럼 말렸다. '의연해져야지' 하고 다짐하다가도 부담스러운 일 앞에서는 징징대는 소리가 절로 새어 나왔다. 태도는 모방해도 바위같이 단단한 사람들이 가진 특유의 아우라까지 따라 할 수는 없었다.

퇴직 후, 어려 보일까 봐 그동안 계속 기르던 앞머리를 큰 맘 먹고 잘랐다. 짧게 자른 앞머리 아래 드러난 내 얼굴이 어쩐지 바보처럼 보였다. 그리고 해방감이 들었다. 이제는 바보 같아 보여도 만만하게 보여도 상관없다. 공무원을 그만둔 지금, 똑똑하고 자신 있고 침착하고 유능해 보이려고 애쓸 필요가 없다. 눈썹을 진하게 그리거나 입술을 빨갛게 발라 조금이라도 불친절해 보일 필요도 없다.

외출할 일이라고는 집 앞 편의점이 다인 어느 날, 습관처럼 눈썹을 진하게 그렸다가 다시 면봉으로 살살 지우면서 깨달았다. 높은 성벽과 두꺼운 성문으로 무장하고 그 위에 대포를 배치하고 활을 쏘아대는 사수들이 즐비해도 성 내부에서 이길 수 없다는 소리가 들려오면 결국 지는 싸움이 될 수밖에 없다는 것을. 돌이켜보니 나는 매일매일의 전투에서 살아남으려고 발버둥을 치면서도 왜 성을 지켜야 하는지는 알지 못했다. 성을 버리고 떠나고만 싶었다. 버티기 위한 방어에 급급했을 뿐 나를 향해 달려오는 어려움들 앞에서 용기 있게 성문을 박차고 나서 먼저 공격해볼 엄두는 내지 못했다. 나를 겁쟁이로 만든 건 자신을 믿지 못하는 마음이었다.

이제는 직장에서 많은 사람들과 부대끼며 나를 지키기 위해 필사적일 필요가 없지만 아직도 온전히 내 편이 되기란 쉽지 않다. 아침마다 거울 앞에 서서 맨얼굴을 보며 다짐한다. 오늘 하루도 본연의 모습으로 살아가자고. 무슨 일을 하든 어디서 일하든 나를 굳건하게 만드는 것은 스스로에 대한 믿음이다.

인기쟁이

친절한 호순 씨

순아, 같이 가!

순아, 너 얼굴이 왜 그래?

언니~

만만해 보일까 봐

보육료 신청 어디서 해요?

등본 좀

팩스 보내 주세요

소용이 없네

체념

나를 지키는 법

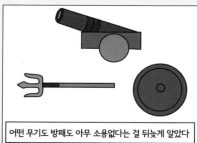

어떤 무기도 방패도 아무 소용없다는 걸 뒤늦게 알았다

맨몸으로 싸우더라도 나 자신을 먼저 믿어야 했어

철밥통의
불안

🐹 철밥통. 공무원의 안정성을 빗대어 비아냥거리는 의도로 사용하는 단어. 언제부터 쓰였는지 알 수 없는 이 촌스러운 표현대로라면 나는 별다른 일 없이 정년에 도착했어야 마땅했다. 그런데 일이 꼬였다. 자타공인 최고의 안정성을 자랑하는 직장인데 일을 하는 순간순간 불안에 휩싸이기 일쑤였다. 그 불안은 어디에서 왔을까?

불안을 만들어낸 것은 실수에 대한 두려움이었다. 어떤 일에든 책임이 따르지만 공익을 위한 일에서 실수가 가져올 결과는 상대적으로 무겁다. 그러니 대충 처리해도 되는 업무는 없다. 모든 업무가 다 중요하지만 그중에서도 신규 공무원 시절 가장 두려웠던 것은 인감발급 사고였다. 어디 소속의 어느 공무원이 인감발급 사고를 내서 몇십억 원 단위의 배상액이 청구됐다는 이야기가 괴담처럼 떠돌 때마다 나도 모르게 바싹 긴장됐다. 각 지자체별로 주민등록 및 인감 담당 공무원을 위해 보험에 가입하지만 배상금액에 한계가 있기 때문에 공무원 개인에게 구상권이 청구될 수 있다. 당시 내가 일하던 곳은 늘 붐비고 시끄러웠다. 화장실도 참아가며 쫓기듯 일을 하다 보면 정신이 없는 와중에 실수가 나올까 봐 항상 신경이 곤두서 있었다.

비상근무와 주말근무도 불안의 원인이었다. 지방직 공무원은 퇴근을 해도 다리 하나는 사무실에 걸쳐놓아야 한다. 문자 하나에 늦은 밤이건 어스름한 새벽이건 가리지 않고 비상근무를 나간다. 막 공무원이 된 1~2년간 비와 눈이 왜 그렇게 많이 내리던지. 명절을 쇠러 부모님 댁에 갔다가 다시 사무실로 돌아오기도 하고 주말에 놀러 갔다가 KTX를 타고 출근한 적도 있다. 당시에는 신규여서 대한민국 어디에 있든 비상이 걸리면 무조건 당장 출동해야 되는 줄 알았다. 북한과의 관계는 왜 또 그렇게 악화일로였는지. 주민센터에서 할 수 있는 일은 없지만 천안함 피격 사건과 연평도 포격 사건이 일어났을 때 밤 12시까지 사무실에서 대기한 기억도 난다. 그나마 행사로 인한 주말근무는 사전에 고지되니 조금 나았다.

지방직 공무원 생활을 하다 보면 비상근무와 주말근무에 금방 익숙해진다. 일과 사생활의 경계가 흐릿해져야 편하다. 하지만 나는 끝까지 '9 to 6'에 대한 집착을 버릴 수가 없었다. 일과 사생활의 경계가 확실했으면 좋겠다는 소망을 품고 있었다. 공무원을 그만두고 제일 좋은 건 빗소리를 마음 편하게 들을 수 있다는 것, 눈이 내리는 아름다운 풍경을 제대로 감상할 수 있다는 점이다. 뉴스에 촉각을 기울이지 않아도 되고 미리 잡아놓은 주말 약속을 취소하지 않아도 된다.

잦은 인사이동 또한 불안을 가중시켰다. 보통 정기 인사는 1년에 두 번이지만 휴직과 복직 등 다양한 이유로 생기는 소폭의 인사까지 더하면 인사변동이 자주 있다. 인적 구성도 별로인데 일까지 넘치는 힘든 때를 견디다 보면 갑자기 균형 잡힌 시기를 맞게 된다. 일에 익숙해지고, 과장님과 팀장님의 인품이 훌륭하고, 팀원들끼리 화합도 잘되고, 대직자와도 더할 나위 없이 쿵짝이 잘 맞는 시기. '이대로라면 애쓰거나 버틸 필요 없이 자연스럽게 직업생활을 영위할 수 있겠구나' 싶은 순간. 그럴 때면 꼭 인사가 말썽이다. 발령장, 그깟 종이 하나에 갑자기 상사가 달라지고 팀원이 교체된다. 기껏 능숙해졌는데 업무가 바뀐다. 하루아침에 견고하게 보였던 균형이 무너져 내리고 마는 것이다. 이제 막 모든 게 괜찮아졌는데 처음부터 다시 시작해야 하는 일이 반복된다.

모니터링과 감사도 불안을 자극했다. 공무원 업무의 특성상 모니터링과 감사는 필수다. 출퇴근 점검과 보안 점검, 전화 친절도 점검, 민원응대 친절도 점검, 행정감사, 자체감사, 암행으로 진행되는 서울시 감사 등등. 감시 시스템의 존재 유무에 따라 평소 업무 태도에 변화가 있는 건 아니지만 내 자율성이 누군가에게 감시당하고 있다는 사실이 자꾸만 의식됐다. 불특정 다수를 응대하는 일이 불안 요소인 것은 두말할 것도 없었다.

위에 열거한 사실들은 지방직 공무원 업무의 본질이다. 많은 공무원들이 무난하게 이를 수용하며 일하고 있다. 그런데 나는 왜 유독 더 불안했을까? 공무원으로 일하면서 알았다. 나는 기본적으로 예민함을 타고난 사람이다. 작은 변화 하나에도 민감하게 반응한다. 지방직 공무원의 근무 여건에 불안도가 높은 개인적인 성향이 합쳐지니 똑같은 환경에서 일하더라도 다른 직원보다 더 쉽게 피로해졌다. 머리로는 상황을 받아들이고 능숙한 척했지만 불안을 자극하는 일이 벌어질 때마다 가슴이 철렁하는 느낌만큼은 끝내 적응되지 않았다.

    내게는 장기적인 안정감보다 지금 여기에 온전히 정신을 집중할 수 있는 현재의 안정감이 중요했기에, 정년까지 일할 수 있다는 것이 큰 메리트로 다가오지 않았다. 많은 이점에도 불구하고 언제 무슨 일이 벌어질지 모르는 상황이 반복되니 직업의 단단한 기반 따위는 사라지고 그 틈새로 새어 나오는 불안에만 시선이 갔다. 그러다 안정 속에서 불안을 느끼기보다는 불안 속에서 안정을 느끼는 편이 낫다는 생각이 들었다. 생계에 대한 불안을 짊어지더라도 일을 하고 있는 과정에서 안정을 찾을 수 있는 일이 하고 싶었다.

    공무원이 되기 전에는 몰랐다. 철밥통도 녹이 슬고 찌그러진다는 걸. 떨리는 두 손으로 감당하기에 철밥통도 힘에 부치게 무겁다는 걸. 망가진 밥통을 내려놓은 지금, 미래를 계획할 수 없는 이 불안 속에서 마음만은 전에 없이 가볍다.

사무실에 두고 온 것

수고했어, 오늘도.
이제 자자.

번쩍

대리인 인상이 나빴던데
요건은 다 맞았으니까
이상 없겠지?

대리 받급
사고 나면
큰일 나는
부동산매도용
인감

캐비닛 잘 잠그고 나온 거 맞지?
보안 점검 걸리면 안 되는데…

항상 보안에
신경 써야 하는
서류 및 발급 용지

'그러려니' 정신

어떡해. 내 철밥통이 망가져버렸어

Chapter 3

호봉이 쌓이면서 알아버린 것

이런 것도
교훈이라면

직장생활을 하다 보면 잊지 않기 위해 여러 번 밑줄을 그어가며 되새기는 말들이 생긴다. 내게도 공무원으로 일하면서 마음속으로 적고 또 적었던 말들이 있다. 그 말들은 위기를 버티게 해주는 기댈 곳이 되어주었고, 때로는 스스로를 돌아보게 하는 거울이 되어주기도 했다. 공무원을 그만둔 지 수년이 지난 지금까지도 말이다. 그중 몇 가지를 이야기해보려 한다.

'내 일은 온전히 나의 책임이다'

공무원이 되고 난 후 가장 먼저 적은 문장이다. 일을 하면 남 탓을 하고 싶은 순간이 찾아온다. 예를 들면 전임자의 말만 믿고 그대로 업무를 처리했는데 감사에서 문제가 됐을 때. 업무 분장표에 이름과 담당업무가 기재되는 순간부터 그 업무와 관련된 모든 것은 내 책임이다. 인수인계를 받지 못해도, 설사 전임자가 잘못 알려줬다 해도 변명이 되지 못한다. 첫 감사를 앞두고 나는 가슴이 철렁한 실수를, 그것도 아주 오랫동안 해왔다는 것을 알게 됐다. 다른 기관에 전달해야 할 수수료를 무려 6개월 동안이나 책상 속에 고이 간직하고 있었던 것이다. 전임자와는 친한 사이였고 인사변경 이후에도 나란히 앉아 같이 민원을 보고 있었다. 전산에 수수료 자료가 뜨지 않아서 어떻게 처리해야 하냐고 물어봤지만 조금만 기다리면 자료가 뜰 거라는 대답에 마냥 기다리기만 했다.

민원에 행사, 각종 잡일에 치여 6개월이 순식간에 흘렀다. 서류를 민원인에게 교부하고 교부 처리 버튼만 클릭하면 되는 일이었는데 기본 중의 기본을 놓쳐 큰일이 되고 만 것이다. 감사를 앞두고 팀장님에게 실수를 보고하고 6개월치 자료를 수기로 정리한 후 밀린 수수료 20만 원을 정산했다. 감사팀에도 이실직고했다. 몇 번이나 물어봤는데 제대로 알려주지 않은 전임자에게 섭섭했지만 그보다는 남의 말만 믿고 제대로 업무를 챙기지 않은 스스로가 제일 야속했다.

'나를 먼저 챙기자'

세상에서 제일 소중한 사람은 자기 자신이라고 굳게 믿는 개인주의자인데 왜 출근만 하면 콩쥐라도 되는 듯이 행동하는지 알 수가 없었다. 착하지도 않으면서 착해야 한다는 강박에 시달리면 부작용이 생긴다. 신규 공무원 시절, 직원 격려 차원에서 제주도 워크숍을 보내주는 제도가 있었다. 그저 마음에 걸린다는 이유로 내 순서를 후배에게 양보했는데 그 직후에 제도가 없어졌다. 당시 같이 근무했던 신규 공무원 여섯 명 중에 나만 유일하게 그 연수의 혜택을 받지 못한 직원이 됐다.

자리를 비우면 대직자가 힘들까 봐 눈치가 보여 교육도 자주 미뤘다. 그러다 보니 승진을 앞두고 필수적으로 들어야 하는 집합교육 시간이 모자랐다. 8급 승진을 앞두고도, 7급 승진을 앞두고도 인사과에서 당장 교육을 듣지 않으면 승진에서 누락될 수 있다는 메일을 받았다. 심지어 표창을 남에게 양보한 적도 있었다. 내가 양보하고 배려한 것을 끝까지 제대로 기억하는 것은 나뿐이다. 직장 내 건강한 인간관계는 나를 먼저 챙기는 것에서 시작된다. 그래야 친절, 양보, 배려 또한 건강하게 실천할 수 있다.

'싸울 일이 생기면 싸워라'

직장에서 누가 신경을 거스를 때마다 싸운다면 전문 파이터가
돼도 모자랄 지경이니 매번 싸우라는 말은 하지 않겠다. 여기
서 싸운다는 말의 의미가 바람같이 달려가 상대의 멱살을 잡
으라는 뜻도 아니다. 필요한 순간이 오면 뒷감당을 어떻게 할
지 걱정하지 말고 내 의견을 상대방에게 분명하게 알리는 것,
나는 그것을 '싸운다'라고 표현하고 싶다.

그렇게 의견을 나누는 과정에서 극심한 스트레스를 받기
도 했고 말하는 도중에 버벅거리며 감정이 앞선 적도 있다. 하
지만 말을 꺼내는 것만으로 의외로 갈등이 쉽게 풀리기도 하
고, 설령 문제 해결에 실패하더라도 할 말을 했다는 생각에 속
이 시원했다. 많은 사람들이 주위 시선을 신경 쓰다가 싸워야
할 타이밍을 놓친다. 호구로 보이는 것보다 성질머리가 이상
한 사람으로 낙인찍히는 게 훨씬 편하다는 걸 알면서도 말이
다. 공무원을 그만둔 지금, 아직도 가끔 후회한다. 그 시절 나
는 더 자주 싸웠어야 했다.

'일어날 일은 기어코 일어난다'

유난히 민원이 많았던 어느 날의 일이었다. 큰소리로 욕을 하
며 등장한, 언뜻 봐도 심상치 않은 사람이 번호표를 뽑았다.

저 사람이 내게 오면 어떡하지 싶어서 식은땀이 났다. 그 민원인의 순번이 다가올 때쯤 갑자기 민원대에 앉아 있던 직원 하나가 벌떡 일어나 밖으로 나갔다. 연달아 그 옆에 있던 직원도 나가버렸다. 점심시간이 끝난 지 얼마 안 되어 화장실이 급한 타이밍도 아니었는데……. 오해일지도 모르지만 상황만으로 판단했을 때 진상 민원인을 피해 도망치는 것으로밖에 보이지 않았다. 나도 뛰쳐나가고 싶었지만 꾹 참고 자리에서 계속 벨을 누르며 업무를 이어갔다. 이대로 또 한 번의 곤경을 맞게 되는 것인가? 희한하게도 구세주처럼 다음 차례의 민원인들이 모두 다량의 업무를 들고 왔다. 시간이 한참 흐르고 밖으로 나갔던 직원이 돌아와 벨을 눌렀을 때에야 그 사람의 차례가 돌아왔다.

아무리 피하고 싶어도 피할 수 없는 일들이 있다. 민원대에서 업무를 보며 당황스러운 상황을 몇 차례 겪어내고 나면 그 주민센터의 단골 진상 손님이 대기표를 뽑는 순간부터 머리가 빠르게 돌아가기 시작한다. 어떻게든 그 사람을 피하기 위해 일부러 앞선 민원을 천천히 혹은 빨리 보면서 속도를 조절한다. 그것도 안 되면 중간에 일어나서 괜히 팩스가 있는 쪽으로 가서 새로 들어온 서류가 없나 뒤적거리기도 한다. 하지만 그렇게 용을 쓰면 쓸수록 불운은 내 앞에 기필코 당도하고 말더라. 나한테 올 사람은 결국 온다. 인생의 많은 일이 그러하듯이. 회사라는 전장에 나설 때 그것을 받아들이고 임하는 것과 그렇지 않은 것의 차이는 생각보다 컸다.

다른 사람들은 진작부터 알고 있었을 수도 있지만, 원체 배움이 느린 나는 이 당연한 말들을 많은 시행착오를 거친 뒤에야 얻을 수 있었다. 공무원이 아니었다면 훨씬 나중에 알게 됐을지도 모를 이 몇 줄의 교훈들. 마음고생에 비해 수확이 적어서 허무해지기 전에 달리 생각해보자: 별것 아닌 이야기 사이를 직접 걷고 달리며 경험으로 짧은 문장을 써가는 것. 그리고 그 문장들을 천천히 차곡차곡 모으는 것. 나한테는 그게 삶이다. 그렇다면 이렇게 말할 수도 있지 않을까?

"나는 공무원으로 일하며 삶을 배웠다."

변명

그럴 만한 사정이 있었어요

왜 그런 어이없는 실수를 한 거죠?

호슈이는 왜 민원인에게 고지서를 잘못 발부했나?

사정 1. 민원이 폭주하는 월요일, 직원 하나가 연가를 냈다
사정 2. 월요일 당일 아침, 직원 하나가 아파서 연가를 냈다
사정 3. 결국 세 명이 300명의 민원을 처리하게 됐다
       점심시간에 한 명씩 돌아가며 급하게 밥을 먹었다
       찰기둥이 삼킨 밥이 잠투성을 일으켰다
       소름돋이치는 배를 움켜쥐고 민원을 보다가
       참을 수 없어 일어났다···

                                     그 런 데

화장실···
가야···
하는데···

저 다음 순번인데 왜 벨 안 눌러요? 재산세 고지서 뽑아주세요

165

그게 변명이 된다고 생각합니까?

아니요

헛수고

저렇게 부탁하시는데 잘해드려야지!

나 민원대는 오랜만인데 많이 가르쳐줘요

토지대장은 이렇게 건축물대장은 저렇게 하시면 돼요

고마워요, 호순 씨

주임님이 익숙해질 때까지 내가 더 민원을 많이 봐야지. 연가랑 교육도 미뤄야겠다

열심열심

딩동 딩동

내 담당도 아닌데

아…네…

번호표 용지 미리 챙겨놨어야지. 당장 냥 2동 가서 빌려와요!

나의 선의와 상관없이 시간이 흐르면 본색을 드러내는 사람이 있다

져도 상관없어

여기 서류
나왔습니다

네??

내가 번호 놓친 사람
나한테 보내지 말고
거기서 처리해요

인내심의 한계를
알리는 종이 울리고

난 정말 최선을
다했는데
어떡하지?

저 지금 눈에 뵈는 게
없습니다

※ 실제로는 말싸움

아니요,
적어도 나는
나를 방관하지
않았어요

그때
지느러미를
물어뜯었어야
했는데

후회하지
않나요?

퇴직을 앞두고 만난
90년대생 공무원

구청에서 일할 당시 나는 30대 중반의 나이로 팀의 막내를 맡고 있었다. 평균연령이 높은 곳이어서 다른 팀원들과 최소 10살 이상 차이가 났다. 늙은 막내로 나름 사랑받으며 일하다가 인사발령을 받아 옮긴 곳은 신규 공무원들이 많은 동주민센터였다. 30대 중후반, 7급 승진을 목전에 둔 말년 8급은 그곳에서 갑자기 선배와 후배 사이에 꽉 끼인 포지션에 놓이게 됐다. 낯선 환경에 어리둥절하면서도 이제 막 대학교를 졸업하고 공무원이 된 90년대생 신규 직원들에게 눈길을 빼앗겼다.

젊음은 빛이 난다. 내가 만난 젊은 신규 공무원들은 똑똑했고 업무를 금방 익혔으며 눈빛이 반짝였다. 옷차림도 세련

되고 깔끔했다. 외모와 상관없이 모두 예뻤다. 그들을 보면서 나의 신규 시절과 비교하지 않을 수 없었다. 나의 첫 발령지는 50대 7급 고참 주임님들이 다수 포진해 있는 곳이었다. 나이가 지긋한 팀원들 틈에서 말 한 마디 꺼내는 것도 조심스러웠다. 사무실에서 신규라는 이름으로 주눅 들어 있다가 퇴근 후 동기끼리 모이면 그제야 목소리가 커졌다.

내가 대학생이던 때만 해도 재학 중에 공무원 시험을 준비하는 사람이 주위에 많지 않았다. 그러나 지금의 90년대생들은 취업이 쉽지 않은 세상에 적응되어 있는 세대다. 일찌감치 공무원이라는 길을 정해서 치열한 경쟁을 뚫고 공직사회에 들어와서인지 자신의 직업에 대한 자부심이 있다. 스스로의 권리를 챙기는 데도 적극적이다. 상대적으로 겁이 없고 권위에 대한 두려움도 크지 않다. 나 또한 개인주의를 신봉하지만 어쩔 수 없이 주변을 의식하며 그 성향을 억눌러왔다면 요즘의 개인주의는 단호하고 확실하다. 회식 때 도망가는 것도 거침없고 정시 출근, 정시 퇴근도 당당하다. 예전에 당연하게 요구됐던 '후배로서의 눈치 보기'가 없다. 적어도 내가 만난 신규 직원들은 그랬다. 나의 공무원 초년생 시절과 달랐고, 달라서 좋았다. 한 마디로 쿨했다.

꼰대라는 말을 듣기 싫어서 90년대생 공무원에 대해 호의적인 의견을 늘어놓는 건 아니다. 사실 그들과 함께 일하던 시절의 나는 방관자였다. 퇴직예정자라 선배의 입장이 아닌 중립지대에서 그들을 바라봤다. 어느 주임님이 같이 일하는 신규 직원에 대해 책임감이 없고 힘든 걸 참지 못하며 선배 어려운 줄 모른다고 불만을 토로한 적이 있었다. 그 주임님은 나보다도 선배로, 막내라면 당연히 팀의 궂은일을 전담해야 했던 구시대를 인내해온 사람이었다. 주임님의 불만은 서로 간의 개인적인 성향이 달라서 생긴 문제였지만 언뜻 시대를 잘못 타고났다는 억울함도 엿보였다. 선배들의 등쌀에 고생하며 버틴 끝에 이제야 겨우 나도 선배가 됐는데 선을 확실하게 긋는 후배들에게 말 한 마디 편하게 건네지 못하니 나만 너무 손해보는 것 같다는 하소연. 하지만 어쩔 수 없다. 세상이 변했다.

　세대를 구분 지어 각 집단을 대표적인 특징으로 정의하는 일은 흥미롭다. 퇴직 후에 《90년생이 온다》를 읽고 한참을 아쉬워했다. 내가 현직에 있을 때 이 책이 나왔어야 했는데. 그랬다면 나도 90년대생 신규들의 마음을 사로잡는 선배가 될 수 있었을 텐데. 세대 차이는 분명 존재한다. 세대 차이보다 더 절대적이고 확연한 것은 개인 차이지만, 그 점을 감안하더라도 90년대생 공무원들의 전반적인 분위기는 참 매력적이다. 이마 한가운데에 공무원이라고 쓰여 있는 듯한 기성세대와 해맑게 웃음 짓는 신규 직원들이 한 사무실에서 일하는 모습이 재밌었다. 처음에는 둘 사이의 머나먼 거리를 확인하며 서로 낯설어하기도 하지만, 공무원으로서의 의무를 같이 해내고 직업적인 고충을 나누며 점차 '동료'가 되어간다.

내가 이모, 삼촌뻘인 선배들과 일을 하며 친밀한 사이가 된 것처럼 내게도 그런 후배가 생겼다. 상대방의 사적인 영역을 함부로 침범하지 않으면서도 따뜻하고 든든한 동료애를 나누는 관계. 같은 점은 공감하고 다른 점은 새로운 문화로 받아들이는 그 관계가 직장생활에 기분 좋은 활력이 됐다.

새로운 세대가 다른 세대와 섞여가며 공무원이라는 집단에 예상치 못한 변화를 가져오는 일을 상상해본다. 이들로 인해 공직사회가 얼만큼 바뀔 것인가? 또 공직사회 속에서 이들은 어떤 영향을 받을 것인가? 그 과정을 흥미진진하게 지켜보고 싶다. 솔직히 말하면 나는 젊은 공무원들이 공직사회에 '완전히'가 아니라 '적당히' 동화됐으면 좋겠다. 어쩌면 공정하면서도 기발하고, 책임을 다하면서도 즐거운 공직문화가 탄생할지도 모른다.

퇴직 한 달 전, 내 후임으로 또 한 명의 신규 공무원이 들어왔다. 대학교을 갓 졸업한 25살의 공무원. 힘들다고 악명 높은 우리 동에서 공무원으로서 첫발을 내딛는 신규의 처지가 안타까웠다. 그만두기 전에 하고 싶은 말이 많았지만 잔소리로 들릴 게 뻔해 민원대 직원이 알아야 할 필수사항 딱 두 가지만 전했다. 첫째, 마음이 급하다고 키보드를 세게 치지 말 것. 손목에 무리가 간다. 나도 건초염으로 고생했다. 둘째, 앞에 민원이 많이 밀려 있어도 꼭 제때 화장실에 갈 것. 방광염이 생길 수 있다. 한번 생기면 재발도 쉽다. 돌아보니 좀 우습기도 하다. 다른 좋은 말도 많았는데 왜 하필 건초염이랑 방광염 얘기였담.

하지 못한 말은 마음속으로만 중얼거렸다. 이곳에서의 시간을 잘 이겨내길. 다음에는 덜 힘든 곳으로 발령받기를. 건강하게 일해서 정년퇴직까지 공무원 생활을 해나가기를. 직업적으로 보람을 느낄 수 있기를. 단단해져서 웬만한 일에는 흔들리지 않는 사람이 되길. 직업적인 성취가 개인적인 목표와 많이 다르지 않기를. 이왕이면 주류에서 벗어나지 말고 좋은 부서에서 좋은 평판으로 문제없이 승진하길.

후배에게 건네는 말이라고 생각하고 끄적여보았지만 적고 보니 10년 전의 나에게 하고 싶은 말들이기도 하다. 빛나는 젊음으로, 맑은 웃음소리로, 활기찬 에너지로 사무실 한구석을 밝히던 신규 시절의 나에게.

끼인 자1

끼인 자2

여우 씨 아무리 급해도 서류를 이렇게 펼쳐놓고 퇴근하면 어떡해. 누가 말 좀 해줘야 할 것 같은데?

안녕 여우 씨 참…어제…

안녕하세요, 주임님!

나의 신규 시절

맞는 말인데 듣기는 싫어

순이 씨 공무원은 말야 책임감 있게 일을 해야. 서류도 잘 챙기고

시간이 가면 다 잘하겠지. 내가 뭐라고 조언을 해

아무것도 아니야~ 오늘도 화이팅!

뜻밖의 우정

인터뷰

멋지고 재미난 90년대생 나의 전 직장 동료

내 머리 위의
안테나

🐾 많은 사람들을 만나다 보면 머리 위에 보이지 않는 안테나가 돋아난다. '이 사람은 어떤 사람일까?' 탐색에 들어간 안테나의 끝이 초록으로 빛나는 순간을 사랑했다. 방과 후 교복을 입은 채로 주민센터를 찾는 고등학생들은 신규 주민등록증 발급을 위해 온 경우가 많다. 주민등록증을 만들려면 양손에 검은색 잉크를 잔뜩 발라야 한다는 대목에서 학생들은 살짝 당황한다. 이때 '공부하기 힘들죠?'라거나 '사진이 참 잘 나왔네요' 같은 가벼운 말을 주고받으며 지문을 찍다 보면 경직된 얼굴이 점점 풀어진다. 어린 학생이라고 지문의 상태가 다 좋은 건 아니라서 십지문 채취가 항상 쉽지는 않지만 '다 끝났습

니다. 고생 많았어요'라는 말에 활짝 웃는 학생들과의 만남은 대부분 평화롭다.

어르신들과의 만남에는 유독 마음이 가곤 했다. 천천히 설명을 드려야 하니 업무가 지연되기도 하지만, 간단한 전입 신고 하나를 처리해드렸을 뿐인데 큰 짐을 덜었다며 고마워하는 주름진 얼굴을 어떻게 사랑하지 않을 수 있을까. 긴 인생을 살아온 만큼 사연도 많은 게 당연하다. '할아버지가 젊을 때 집을 나가 연락이 끊겼어', '밤마다 불을 끄면 장롱 밑에서 곱등이가 나와', '내가 글을 몰라. 쓸 수 있는 건 이름밖에 없어' 등등 삶의 회한과 하소연이 묻어나는 사연에 맞추어 해드릴 수 있는 일을 해드렸다.

어느 날은 아흔이 넘은 할아버님이 오셨다. 민원을 보던 할아버지는 갑자기 주섬주섬 목에 메고 있던 명찰을 내밀었다.

"우리 마누라인데 이쁘지? 몇 년 전에 죽었는데 보고 싶어서 항상 사진을 품고 다녀."

그럴 때 내 안테나는 눈물색. 젊을 때는 간단했던 일이 이제는 다른 이의 도움을 받아야만 처리할 수 있는 과제가 되어버린 어르신들을 보면 숙연해지지만 연세에 비해 단정하고 정정한 어르신들을 만나는 것 또한 공무원 생활의 기쁨 중 하나였다.

당연히 할 일을 했을 뿐인데 특별히 더 고마워하는 사람들이 있다. 손이 자꾸 빗나가는 손님을 대신해 서류를 돌돌 말아 봉투에 넣어드리니 예의 바르게 감사 인사를 하는 사람, 적은 금액도 카드 결제가 된다는 안내에 뛸 듯이 좋아하는 사람, 친절에 대한 보답이라며 잔돈을 받지 않으려는 사람(끝까지 돌려드리지만), 평소대로 응대를 했을 뿐인데 불친절한 공무원에 대한 고정관념이 사라졌다고 말해주는 사람……. 일 때문에 잠시 스쳐가는 사이에 불과하지만 이것 또한 사람과 사람의 만남이라는 것을 알게 해주었던 수많은 사람들. 공무원을 하면서 사람들이 사랑스럽다는 것을 알았다. 꼭 어리고 예쁘고 귀여워야만 사랑스러운 것이 아니라는 것도.

하지만 애초에 머리 위에 안테나가 생긴 이유는 갑자기 일어날 비상상황에 대비하기 위해서다. 상대를 보자마자 순간적인 판단을 내리고 마음의 준비를 해야 예상치 못한 사건으로 정신이 아득해지는 것을 조금이나마 방지할 수 있다. 문제는 이 안테나가 작용하는 기준이 내가 제멋대로 만들어놓은 일반화에 기반한다는 점이었다. 사람들을 많이 만날수록 안테나의 성공률이 높아진 건 맞지만 그 신호만으로 상대가 어떤 사람인지 가늠하기란 늘 어려웠다. 옷차림이 단정한 사람이, 말을 조리 있게 하는 사람이, 젊은 사람이, 여성이, 동물을 좋아하는 사람이 그 반대에 비해 온화한 민원인일 확률이 높다는 내 편견을 뒤흔드는 사건들이 자주 벌어졌다.

부담금 관련 업무를 하던 시절이었다. 돈과 관련된 일인 데다 체납되면 재산에 압류가 붙기 때문에 화가 나서 방문하는 민원인들이 대다수였다. 그날도 넓은 사무실의 반대편 복도 끝에서부터 날 찾는 소리가 크게 울렸다.

"여기 부담금 관련 부서가 어디예요?"

나를 향해 빠르게 다가오는 어두운 기운을 느끼며 책상에 앉아 식은땀을 흘리고 있었다. 고개를 들어 민원인과 눈을 마주쳤는데 앞니가 여러 개 빠져 있는 아저씨 한 분이 서 있었다. 입고 있는 옷은 낡아 보였고, 까맣게 그을린 얼굴에는 깊은 주름이 패여 있었다. 그간의 경험을 통해 행색만으로 사람을 판단하는 일이 얼마나 어리석은지 깨우친 후였음에도 전화로 문의해도 될 일로 직접 구청까지 찾아왔으니 분명 화가 많이 났을 거라고 짐작했다. 위기를 느낀 내 머리 위 안테나에 빨간불이 들어왔다. 그분이 어떤 화를 쏟아낼지, 그 상황을 어떻게 진정시켜야 할지 머릿속이 정신없이 돌아가는 중에 아저씨가 입을 열었다.

"아이고, 죄송합니다. 제가 밀린 세금을 내러 왔어요."

아저씨는 경제적인 사정이 좋지 않아 부담금 고지서가 나오는 걸 알면서도 납부할 수 없었다며 몇 년간 밀린 부담금을 한꺼번에 처리하기 위해 고지서를 발급받으러 오셨다고 했다. 이야기를 나눠보니 말투도 온화하고 진심으로 체납을 미안해하고 계셨다.

'미안해하지 않으셔도 되는데……. 여유가 있어도 일부러 체납하는 사람들이 수두룩한 걸요.'

마음 같아서는 전산에서 부담금 내역을 다 삭제해드리고 싶었다. 하지만 법에 따라 절차를 수행해야 하는 내가 할 수 있는 일이라고는 최대한 정중하고 상냥하게 응대해드리고 와주셔서 감사하다고 고마움을 표시하는 것밖에 없었다. 아저씨는 고지서를 들고 사무실을 떠났다. 왠지 그냥 보내기가 서운해서 엘리베이터 앞까지 배웅해드렸다. 안테나 끝에서 번쩍거리던 빨간불이 초록색으로 바뀌는 이런 순간들이 쌓여갈수록 사람을 한눈에 판단하는 일이 부질없음을 거듭 깨닫게 된다. 아무리 많은 사람을 만나봤다고 해도 그들을 내 맘대로 정해진 카테고리 안에 넣을 수는 없다.

막무가내에 입까지 험한 민원인을 만나면 심장이 요동친다. '안테나에 연달아 빨간불이 들어오면 어떡하지' 하는 두려움에 다음 벨을 누르기가 망설여진다. 그럴 땐 심호흡을 한 번 크게 하고 다시 용기를 낸다. 멋대로 켜지려는 안테나는 꺼두고 한 명, 두 명 수줍기도 어색하기도 씩씩하기도 한 보통 사람들과 마주하면 어지러웠던 마음이 어느새 가라앉는다. 모가지를 잘라버리겠다고 소리치고, 사무실을 불태워버리겠다고 악을 쓰는 사람들에게 시달리면서도 인간에 대한 회의보다는 애정을 간직할 수 있었던 이유는 평범하고 평범한 이들 덕분이다.

초록과 빨강 사이의 어딘가

안테나 고장

바로 여러분

혼자 있고
싶어요

연이어 켜지는
빨간불 속에서도

다음 날

여기 엄청 바쁘네.
사탕 먹고 힘내요

감사합니다

제가 사람에 대한 애정을 간직하고 있는 것은

바로 평범하고 평범한 당신 덕분입니다

공무원 하다
사라지고 싶었던 사연

기분 좋은 바람에 흔들리는 나뭇잎, 나지막이 울리는 아이들의 웃음소리, 산책하는 사람들의 가벼운 발걸음, 부드러운 햇살이 세상의 모든 것을 감싸고 있던 어느 가을날을 기억한다. 평화롭고 행복해 보이는 풍경 속에 나만 멍한 눈빛으로 어둠에 잠겨 있었다.

그때 나는 두 번째 휴직을 고민 중이었다. 일하는 게 힘들었다. 공무원이 되고 나서부터 줄곧 그랬다. 자주 아팠다. 어느 날 자고 일어났는데 목이 돌아가지 않았다. 조금만 잘못 움직여도 목과 어깨에 번개처럼 강렬한 전류가 흘렀다. 서류 작업만으로도 부담을 느끼는 몸 상태로 월요일 퇴근 후에 열릴

국장님 주재 족구대회 준비를 위해 양손 가득 장을 봤다. 과에서 배출되는 상당한 양의 쓰레기를 수레에 실어 나르거나 상사의 부탁으로 무거운 짐을 들다가 척추를 내리치는 듯한 통증에 주저앉는 날이 많았다. 직원들마저 잦은 자료 제출과 행사 차출에 대한 불만을 만만한 8급 서무인 내게 표출했다.

틈날 때마다 병원을 다닌 지 한 달쯤 됐을까. 목의 통증이 조금씩 나아지고 있던 어느 날, 출근해서 모니터를 들여다보는데 갑자기 숨을 쉴 수가 없었다. 이유 없이 눈물이 흐르고 밤에 잠을 자지 못하는 날들이 계속되어 결국 정신과를 찾았다. 진단은 우울 장애. 약을 처방받고 심리 상담을 받았다.

"자꾸만 사라지고 싶어요."

간신히 속내를 털어놓자 선생님이 내 말을 정정해줬다.

"그건 사라지고 싶은 게 아니라 죽고 싶은 거예요."

직장생활을 하면서 힘들지 않은 사람이 얼마나 될까? 있긴 할까? 몸이 아프고 안 좋은 상황들이 한꺼번에 터져 맞물려 돌아가고 사람들마저 내 마음 같지가 않은 일이 반복되면, 가끔 찾아왔다 사라지던 우울감이 해소되지 않고 누적되기도 한다. 하지만 다른 곳도 아니고 그 좋다는 공무원을 하고 있는데 왜 내 마음은 일시적인 우울감을 넘어 극단으로 치달았을까?

사라지고 싶다고 생각하기 시작한 시점을 찾아 거슬러 올라가봤다. 꽤 오래전이었다. 첫 발령지에서부터 몸이 자주 아팠다. 그때까지 겪어보지 못한 위염과 역류성 식도염, 위경련에 시달렸다. 얼굴은 늘 벌겋게 달아올라 있었고 뒷목이 뻣뻣했다. 두통과 어깨, 손목 통증과 친구가 된 지 오래였다. 임파선이 자주 부었고 기관지염과 탈모로 고생한 적도 있다. 그렇게 3년 5개월을 일하고 '신체적인 질병'을 이유로 휴직계를 냈다. 그때는 마음이 아플 수 있다는 걸 몰라서 몸이 문제라고만 여겼다. 무엇이 먼저인지는 모르겠지만 몸과 마음은 항상 같이 무너진다. 지금 생각해보니 이미 그때부터 나는 심각한 우울감에 시달리고 있었다.

주변 사람들에게 힘들다고 이야기하면 돌아오는 대답은 비슷했다. '배가 불렀다', '사기업은 그것보다 더 힘들다', '무슨 그런 약한 소리를 하냐'. 대체로 조언을 가장한 질책이었다. 때로는 위로로 포장된 한탄도 들었다. '나 역시 이곳이 싫지만 여기를 떠나서 할 만한 일이 없다', '나도 돌발성 난청이 생길 정도로 힘들지만 여자든 남자든 마흔 넘으면 어디서 이만한 월

급 받고 일 못한다', '몸이 아파서 쉬고 싶지만 대출 때문에 쉴
수 없다' 등등.

　언제부터인가 사고가 한 가지 결론을 향해 내달리기 시작
했다. 정년이 될 때까지 평생 이 일을 해야 한다는 것이 끔찍
했다. 상황이 바뀔 수도 있다는 걸 머리로는 알면서도 당장 오
늘을 버틸 힘이 없었다. 배부른 신세한탄이라는 말, 너만 힘든
게 아니라는 말을 기준 삼아 고통을 나의 모자람 탓으로 돌렸
다. 세상에 이보다 더 힘들게 일하는 사람들이 얼마나 많은데
내가 뭐라고 남들이 다 좋다는 공무원을 하면서 이렇게 힘들
어하는 건지 스스로가 한심했다.

　그만둘까도 생각해봤다.

　'인생을 걸고 공부해서 얻은 직장을 그만둔다고? 이제 내 삶에
서 공무원이란 이름을 빼면 나는 아무것도 아닌데……. 사랑하는
사람들이 얼마나 실망할까? 관두고 나면 주위에 폐만 끼치는 짐
으로 전락할 것이 분명해.'

　스스로 선택한 직업이었지만 그만두는 것은 내 선택지에
없었다. 공무원을 그만두지 않으면서 사람들에게 실망을 안기

지도 않는 방법이 딱 하나 있었다. 사라지는 것. 극심한 불면증에 뜬눈으로 밤을 지새우며 연기처럼 사라지고 싶다고 되뇌었다.

공직사회에서 한번 생긴 평판은 쉽게 사라지지 않는다. 두 번째 휴직계를, 그것도 '우울증'을 사유로 적은 휴직계를 낸다면 조금만 힘들어도 도망가는 구제불능이라는 딱지가 붙을까 봐 무서웠다. 그렇게 혼자 끙끙대며 끌어안고 있던 고민은 의외로 쉽게 끝났다. 목 치료에 우울증 약까지 먹고 있는 내 눈에 칼퇴는 기본에 장기휴가까지 척척 쓰는 직원들이 들어온 것이다. 각자의 업무에 따라 바쁘고 한가한 시즌이 다른데 그때는 마음이 아픈 상태라 나 혼자만 고생하고 있다는 억울함이 밀려들었다. 그래서 버티기보다는 도망치기를 택하고 휴직계를 제출했다.

객관적으로 내가 남들보다 더 힘든 상황이었다고는 생각하지 않는다. 아프면 휴직할 수 있는 직장이라는 것만으로도 감사했다. 공무원이라는 특수성뿐만 아니라 조직생활 자체를 부담으로 느끼는 성향, 당시 원만하지 않았던 개인사, 쉽게 지치는 체력 등 많은 문제들이 한데 얽혀 발단이 됐을 수 있다. 이유가 무엇이었든 휴직을 기점으로 나의 몸과 마음은 천천히

회복됐다. 사라지고 싶다는 생각도 조금씩 머릿속에서 지워져
갔다.

이 길이 아니어도 괜찮다고 말할 수 있게 되기까지 나 자
신을 향해 수많은 질문들을 던졌다. 함부로 다른 이의 고통을
판단하지 않고 내 고통을 남의 척도로 재단하지 않게 되기까
지 끝이 없을 것 같은 우울의 시간을 보내야 했다. 몇 년이 지
났지만 아직도 삶의 바닥을 쳤던 그 가을이 떠오르면, 지금 이
순간 어디선가 이해받지 못하는 괴로움에 그 시절의 나처럼
고개를 숙이고 있을 누군가에게 두 팔을 높이 들어 힘껏 흔들
며 응원과 위로를 건네고 싶어진다.

"애쓰셨어요. 그 누구도 당신이 얼마나 힘든지 쉽게 가늠할 수 없
어요. 버텨도 멋있지만 한발 물러나도 비겁하지 않아요."

배부른 소리

악몽

한밤중에 날카로운
통증에 눈을 떠보니

앗! 따가워!

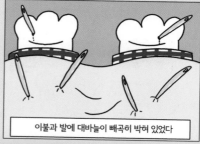

이불과 발에 대바늘이 빼곡히 박혀 있었다

자꾸 반복되는 생생한 악몽

또 똑같은 꿈이네

나 왜 이러지

심리 상담

심리 상담이 무슨 도움이 될까…

나름 포커 페이스

다들 잘 참으며 일하는데 저만 나약한 것 같아요

애 많이 쓰셨네요

울먹

울먹

쓰윽

애썼다

저 애쓴 거 맞죠? 저 힘든 거 맞죠?

그때 그 친절은
어느 곳의 별이 됐을까

요즘 아르바이트를 하는 곳에서 친절하다는 소리를 듣는다. 꾸밈없이 다정한 말투에 상냥한 목소리, 마스크를 뚫고 나올 것 같이 환한 미소까지. 스스로 보기에도 나는 꽤 친절하다. 언제부터 자타가 공인하는 '친절한 사람'이 된 걸까? 내 안에 숨어 있던 친절이라는 싹이 움튼 건 공무원이 되고 난 후의 일이었다.

관공서에서 친절 따위는 감히 기대하지 못했던 관선의 시대는 오래된 과거가 됐다. 오늘날, 친절은 사회적으로 사랑받는 미덕이며, 공무원에게 상시적으로 요구되는 덕목이다. 기본적으로 공무원에게는 친절·공정의 의무가 있다. 국가공무원

법은 제59조에서, 지방공무원법은 제51조에서 공무원은 국민, 주민 전체의 봉사자로서 친절하고 공정하게 직무를 수행해야 한다고 규정한다.

신규 공무원에게 친절 역량강화를 위한 채찍의 힘은 매서웠다. 민원대 직원들을 위한 교육에서부터 정신이 번쩍 났다. 교육 시작 전 구청에서 나온 6급 계장님이 각 동의 불친절 사례를 열거하며 질책했다. 분위기가 얼마나 날카롭던지 이제 막 민원을 보기 시작해서 불친절을 실현할 기회조차 없었던 나까지 호되게 혼나는 기분이었다.

아침마다 업무 시작 전에 전 직원이 모여 큰소리로 전화 응대 매뉴얼을 외우던 시절도 있었다. 민원인을 가장한 전화 점검이 수시로 이뤄지고 전화 내용이 녹음되어 점수가 매겨졌다. 만족스럽지 못한 점수가 나오면 직원회의 시간에 어김없이 동장님의 꾸지람이 떨어졌다. 직원들이 본인의 업무는 뒤로 한 채 순번을 정해 친절히 모시겠다는 문구가 적힌 어깨띠를 메고 주민센터 정문 앞에서 민원인들을 맞이하기도 했다. 친절 교육과 점검은 공직사회에서 필수지만 내가 공무원이 되고 나서 몇 년 동안은 유난히 더 잦은 점검이 있었고, 그 결과에 대한 피드백도 더 호들갑스럽게 돌아왔다.

친절 직원을 표창하는 당근도 주어졌지만 동기 부여가 될 만한 수준은 아니었다. 자연스럽게 친절이 우러나오도록 고무하는 게 아니라 불친절로 민원이 접수되면 가만히 안 두겠다는 삿대질에 마음이 위축됐다. 민원이 많은 업무 환경, 각종 행사와 잡일에 시달리는 현실, 자신의 요구가 관철되지 않으면 무조건 불친절로 몰아가는 악질적인 민원인에 대한 고려는 하지 않고 홈페이지에 올라오는 불친절 민원이 구청장의 재선에 누가 될까 전전긍긍하는 분위기에 가끔은 비뚤어지고 싶은 충동이 일었다.

내 친절의 싹이 무럭무럭 자란 것은 눈만 뜨면 친절을 부르짖는 강압적인 환경 덕분이 아니었다. 친절은 현장에서 사람들과 일하면서 습득한 도구였다. 초기에는 상식에 어긋나는 사람들을 만나면 웃음기를 거두고 무표정으로 방어했다. 막무가내인 민원인과 싸울 때도 있었다. 열심히 싸우고 나서야 인정했다. 누구에게나 어떤 상황에서나 일관된 친절을 베푸는 게 나 자신에게 좋다는 것을. 안 그래도 웃을 일 없는 사무실, 친절을 베풀며 타인에게 미소를 짓는 일이 유일하게 웃을 수 있는 시간이 되기도 했다. 행복해서 웃는 게 아니라 웃어서 행복하다는 말을 예전부터 좋아하며 농담처럼 자주 했는데, 공무원이 되어 이 말을 인생 좌우명으로 삼아 실천할 줄은 몰랐다.

강인한 체력도 단단한 마음도 곧은 심지도 없는 사람에게 친절은 유일한 장점이 되기도 한다. 친절은 실수나 불편에 대한 면죄부 역할도 한다. 기계가 고장 나 민원인을 오래 기다리게 하거나, 요건이 갖춰지지 않아 민원인을 돌려보낼 때 먼저 행한 친절의 말과 태도가 사람들의 화를 가라앉혔다. 온전히 실리적인 목적에서 나는 친절한 공무원으로 거듭났다.

보답받기를 원한 것은 아니었지만 친절 공무원에 입문하면 매사가 보상이 된다. 공무원이 이렇게 친절하다니 세상이 많이 변했다는 과분한 칭찬에 어깨가 으쓱하고, 친절한 말이 친절한 미소로 되돌아올 때 감동받는다. 그렇지만 세상은 호락호락하지 않은 법. 하늘까지 닿을 듯 뻗어나가는 친절 꿈나무에게도 이윽고 사춘기가 찾아온다.

민원인의 십지문을 찍으며 동시에 문의 전화까지 받아 응대하는 열성을 보였는데 매뉴얼대로 마무리 인사를 하지 않았다는 이유로 친절 점수를 박하게 받았을 때. 친절하다는 소리는 많이 듣는데 정작 친절 표창은 한 번도 받지 못했을 때. 민원인의 폭언에 그러지 마시라고 목소리를 같이 높인 행동이 정당한 대응이 아니라 불친절이 될 때. 친절은 주관적이며 계량할 수 없다는 점이 족쇄가 될 때 그동안 베푼 많고 많은 친절들이 모두 어디로 사라져버린 건지 허무했다.

친절을 둘러싼 당근과 채찍도, 기쁨과 허무함도 다 내려놓고 이 글을 쓰기 위해 친절 공무원이란 키워드를 인터넷에 검색한 순간 전국의 수많은 친절 공무원들의 사진이 모니터 화면을 가득 채웠다. 그 사이에서 동기들의 어색하면서도 앳된 얼굴도 어렵지 않게 발견할 수 있었다. 친절에 대해 제대로 보상받지 못했다고 서운해할 필요가 없었다. 그랬다가는 평생 공무원을 할 것도 아니면서 친절 공무원이라는 타이틀을 단 사진이 영원히 인터넷을 떠돌 뻔했다. 친절한 공무원으로 인정받고 지역 뉴스에까지 오르는 것은 영예로운 일이지만 내게 친절은 희미한 기억, 순간의 따뜻한 기분, 찰나의 만족으로 족하다. 이제 내게 법적으로 친절할 의무 같은 건 없지만 몸에 깊이 밴 친절이 한 번씩 튀어나올 때면 공무원 생활이 남긴 작은 유산이라 여기며 흐뭇하게 미소 지어야겠다.

친절도 점검

진짜 보상

한 번 베푼 친절이
빌미가 되어 돌아올 때

친절 공무원이 될래요

온 마음과 정성을 다해
친절하게 모시겠습니다.
우선 절부터 받으시고 바로
안내해드릴게요

??

L 등본 하나
발급하러
왔을 뿐인데

민원대 앞에
내려드릴게요

너무
부담스러워요

저기
순이 씨 아닌가?

왜 저러고
있지?

순이 주임
정신 차려

이거 봐요!
더 친절할 수
있다구요!

친절이란 산의 정상을 정복하고 싶었습니다

공무원 생활 중 오직 친절의 싹만 키워낸 결과

스팸전화까지 친절하게 받다니…

아, 네네~ 맞아요, 네네~ 그렇죠

끄덕 끄덕

우리 동네 공무원은 왜 불친절하지

그건 불가합니다

친절에 얽매이고 집착하는 부작용이 생겼지만

현재 아르바이트 하는 곳

더 환하게 웃고 싶어

여기 있습니다, 손님

친절은 공무원 생활이 내게 남긴 유산

눈에 띄는
사람들

특출난 사람들이 있다. 소위 말하는 '일머리'가 있어 뭐든 쉽게 배우고 어떤 업무든 신속하게 처리하는 능력은 기본, 매일 아침 다른 이들보다 일찍 출근하는 부지런함에 예의 바르고 기복 없는 인성을 갖춘 이들. 필수조건은 아니지만 무난하고 편한 옷차림이 대세인 공직사회에서 깔끔하고 세련된 패션 감각까지 겸비한다면 아무리 숨으려 해도 숨겨질 수가 없다. 훌륭한 공무원으로 금방 소문이 나기 마련이다. 사무실을 오가며 이들이 시야에 들어올 때마다 부러움의 시선을 보내지 않을 수 없었다.

업무 능력뿐만 아니라 성격도 좋아서 평판이 훌륭한 어

떤 직원과 엑셀 교육을 같이 들었다. 그는 교육을 왜 듣나 싶을 만큼 엑셀을 잘 다뤘다. 그러면서도 교육 내용을 한 번에 이해하지 못하는 나를 답답해하기는커녕 강사보다 더 알기 쉽고 친절하게 설명해줬다. 교육을 마친 뒤 한동안 실력에 인성까지 완벽한 직원이 있다며 그 사람에 대한 칭찬을 늘어놓곤 했다.

반면에 다른 의미로 눈에 띄는 사람들도 있다. 인사발령 당일, 어딘가에서 '누구누구 씨가 우리 과에 온대!'라는 급박한 외침이 튀어나오게 만드는 이들. 동료를 힘들게 하고, 태만과 불친절로 공무원 전체를 욕먹이는 직원들이 많지는 않지만 분명 존재한다.

직원들 사이에서 폭탄이라는 별명으로 불리던 직원과 같이 일했던 적이 있다. 처음에는 왜 그 사람에게 그런 씁쓸하고도 무시무시한 별명이 따라다니는지 알 수 없었다. 시간이 흐르자 불명예의 원인이 서서히 드러났다. 당시 그 사람은 수시로 민원 전화가 와서 가능한 자리를 비우면 안 되는 업무를 맡고 있었다. 그럼에도 업무시간에 자주 사라지고 휴가도 매우 빈번하게 사용했다. 심지어 문의 및 항의 전화가 집중적으로 오는 기간에 휴가를 사용해서 자신의 일만으로도 이미 벅찬 대직자의 울화가 폭발한 사건도 있었다. 자꾸 업무 공백이 발생하니 즉시 처리해야 할 민원이 지연되어 문제가 커지기도 했다. 본인의 업무를 소홀히 하고 주위 사람까지 고통받게 했으니 그래도 폭탄은 너무하지 않냐고 대신 변명을 해줄 여지가 없었다.

그렇다고 해서 진짜 옥석을 가리는 데 평판이 항상 들어맞는 것은 아니다. 같이 일을 해봐야 진가가 드러나는 경우가 있다. 한번은 일 잘하기로 소문난 직원과 같은 팀에서 근무를 했는데, 성과가 나오는 일만 열심히 하고 티가 나지 않는 일은 신경도 쓰지 않아서 실망했던 경험이 있다. 일이 많은 척, 잘하는 척 그럴싸하게 포장하거나 실제로 업무 능력은 있지만 이기적이고 무례해서 말 그대로 '일'만 잘하는 사람들도 있었다. 반대로 별로라는 평이 들려오던 사람인데 막상 같이 일을 해보니 괜찮았던 경우도 있다. 알고 보니 예전 부서의 업무 환경과 인적 구성 자체가 유독 본인과 맞지 않아 억울하게 낙인찍힌 케이스였다.

이렇게 양극단으로 눈에 띄는 사람들에게 시선을 빼앗기며 한 시절을 보내고 나서야 그 사이에 있던 직원들이 보였다. 어느 금요일 오후, 동갑내기 친구인 공무원 동기에게 문자를 보냈다. 업무가 바빠 퇴근 후에 연락하겠다는 답장을 남긴 친구는 그날 밤이 되도록 연락이 없었다. 금요일이니 일찍 퇴근해서 아이와 함께 시간을 보내느라 정신이 없나 했는데 밤 10시가 넘어 이제야 퇴근한다는 연락이 왔다. 상당히 큰 규모의 예산이 들어가는 주요 사업을 맡게 된 친구는 일이 어렵고 힘들어서 간신히 해내는 중이라고 했다. 공직 중도포기자인 내 입장에서는 그런 일을 하고 있다는 것 자체가 대단하다고 말해줘도 친구는 자신의 능력에 대해 자괴감을 느낀다고 말했다. 버거운 일을 어떻게든 해내기 위해 금요일 밤 어린아이와 남편을 집에 두고 야근을 한 그녀는 주말에도 출근을 할 예정이었다.

다른 동기 하나는 반년이 넘도록 퇴근시간이 밤 11시였다. 그러다가 임신을 했는데 안 그래도 바쁜 시기에 자신으로 인해 팀원들에게 피해가 갈까 봐 휴가도 부서이동도 마다하며 큰일이 마무리될 때까지 자리를 지켰다. 보통의 몸 상태로도 야근을 할 때마다 피로에 찌들어 힘들다고 투정했던 나와 달랐다. 동기는 그 와중에도 업무 처리 속도가 느려 몸이 고생이라며 육아휴직에 들어가면 엑셀 공부를 더 해야겠다고 자신의 부족한 부분에 더 집중했다.

요즘의 행정은 적극적이며 복잡하고 세심하다. 공무원 업무의 난도를 얕잡아 보는 뜻으로 '고등학교만 졸업해도 할 수 있는 게 공무원'이라는 말이 흔하게 오갔던 과거와는 다르다. 물론 학력과 상관없이 공무원이 될 수 있는 것은 맞지만 그렇다고 일이 쉬운 건 아니다. 더군다나 공무원은 발령 때마다 매번 제대로 된 인수인계도 없이 새로운 일을 배워야 한다. 공무원 생활 10년 차가 넘어 주요 부서에서 중요 업무를 하나둘씩 맡기 시작한 동기들의 고군분투가 남 일 같지 않았다. 과연 나라면 그들처럼 할 수 있었을까?

과중한 업무에 대한 부담을 자신의 모자람으로 돌리고 가족을 제대로 챙기지 못하는 미안함을 감수하며 피곤이 쌓인 몸으로 책상 앞을 떠나지 못하는 공무원들이 있다. 외부에 비춰지는 일의 경중에 상관없이 책임을 다하기 위해 최선의 노력을 쏟는, 평판 따위를 신경 쓸 시간도 잔머리를 굴릴 틈도 없이 일하는 눈에 띄지 않는 사람들이 나를 진정으로 감탄하게 했고 반성하게 만들었다.

다음에는 어느 부서로 발령 나고 싶냐는 공무원 단골 질문에 나는 농담 반 진담 반으로 집에 가고 싶다고 답하곤 했다. 특출난 사람들을 선망하거나 주위에 민폐를 끼치는 사람들을 손가락질하며 누가 일을 잘하거나 못한다고 떠들어댈 자격이 내게는 없었다는 생각이 문득 들었다. 어떤 시기, 어떤 이들에게는 힘들다며 공무원을 그만두고 싶다고 자주 울상을 짓는 내가 폭탄이었을지도 모른다. 그들에게 이 글이 가닿을지는 모르겠지만 지금이라도 미안하다는 말을 하고 싶다.

"나약하고 어두운 기운으로 사기를 떨어지게 한 점 사과합니다. 정말이지 고의는 아니었어요."

반성

특출난 사람

일 잘한다고 소문난 사람 중에는

← 권력자 앞에서만
꿈을 싹싹

잠일은 →
후배에게

나머지는
알아서들 해!

빈 수레가 요란한 타입도 있지만

특출난 직원 체크리스트
1. 똑 부러지는 일처리 ☑
2. 근면한 근무 태도 ☑
3. 철저한 자기 관리 ☑
4. 원만한 인간관계 ☑
5. 흔들리지 않는 심지 ☑
6. 자신만의 전문 분야 ☑
7. 깔끔하고 단정한 패션 ☑

바로 나!

누가 봐도 대단한 능력자들이 존재한다

어떻게 하면
특출난 공무원이
될 수 있나요?

제가 지금에
이르기까지
얼마나 큰 노력을
했는지 아마
모를 거예요

태어났을 때부터 뛰어났을 것 같은 그들도 모두 노력 중

보통의 공무원

기피 업무를 맡아 힘들어하면서도

어린 자녀를 두고 야근할 수밖에 없으면서도

새로 주어진 낯설고 어려운 일이 주는 부담 속에서도

어떻게든 자기 일을 해내려는, 눈에 띄지 않지만
진짜 중요한 사람들

공무원 시절 단골 3종 세트

힘들어

팀장님 저 이 업무 못 할 거 같아요

다른 부서로 발령 난대도 뭔가 달라지겠어

침울

두려움

무기력

저 사람 민원유발자라고 소문났던데… 공무원 전체를 욕먹이면 안 되는데…

다른 사람을 손가락질할 자격이 내게 있었을까?

저의 나약하고 의기소침한 기운으로 사기가 저하되셨던 분이 계신다면 사과드립니다

당신의 마법 물약은
무엇인가요?

🐹 좋고 싫음의 분별없이 주어진 일을 평온한 마음으로 해내고 싶었지만 그러지 못했다. 어떤 업무를 맡아도 매번 비슷했다. 자치회관은 행사가 많아서 부담스러웠고 민원대는 사람을 대하는 일이 힘들었다. 서무는 엄마처럼 사무실의 살림과 직원들을 챙기는 것이 적성에 맞지 않았고 부담금 관련 고지서 발급 업무는 욕을 많이 먹어서 무서웠다.

공무원으로서 해야 하는 일이 싫었다. 출근하기도 전부터 기운이 빠졌다. 틈만 나면 생각이 부정적인 방향으로 흘러갔고 의지가 한여름 아이스크림처럼 녹아내렸다. 나 자신을 어르고 달래서 싫어하는 일을 계속할 수 있게 만들어야 했다. 처음에는 그럴듯해 보이는 것에 기댔다. 생계를 위해서도 어른으로서의 제 몫을 다하기 위해서도 사회 속에서 나란 인간의 쓸모를 꼭 증명하자고 마음먹었다. 힘에 부치는 하루를 보내고 난 퇴근길에는 30년 후 해방처럼 내 앞에 펼쳐질 정년퇴직의 날을 상상했다. 그래도 효과가 없으면 부동산 사이트에서 이사 가고 싶은 아파트를 검색했다. 필요한 대출금과 이자와 상환기간을 계산해보면 그 어마어마함에 일하기 싫다는 마음이 쏙 들어갔다. 심각한 표정으로 소처럼 군말 없이 오래오래 일할 것을 다짐했다.

　책임과 의무, 미래의 보상을 생각하며 마음을 다독여도 사무실에서 얽힐 대로 얽힌 감정이 풀어지지 않는 날에는 집에 돌아와 밥이며 과자를 있는 대로 입안에 욱여넣었다. 배가 불러 머리가 멍해지면 침대 위로 쓰러졌다. 설거지도 청소도 양치질도 하지 않고 불까지 환하게 밝힌 방에서 그대로 잠이 들었다. 그러다 새벽에 눈을 뜨면 몸도 마음도 집 안도 모든 게 엉망이었다. 언젠가 손에 넣을 정년퇴직과 30평대 아파트도 아무 도움이 되지 못했다. 자포자기하는 하루가 반복되면서 금세 군살이 늘어나고 자세는 흐트러졌다. 얼굴에는 생기가 사라지고 될 대로 되라는 표정만 남았다. 누가 봐도 삶을 이끌고 나가는 것이 아니라 삶에 질질 끌려가는 모양새였다.

발을 내딛을수록 더 깊이 빠져드는 진흙탕 같은 상황에서 필요한 건 실제로 손에 잡히는 작은 버팀목이었다. 어떤 날은 아침에 10분 일찍 일어나 갈아 만드는 토마토 주스가 그 역할을 했다. 출근해서 가방에 든 토마토 주스를 꺼내 책상 위에 올려놓는 행위가 든든함을 안겨줬다. 포기하지 않고 내가 나를 돌보고 있다는 생각이 보이지 않는 보호막이 됐다. 까먹지 않고 매일 비타민을 챙겨 먹고 기분 전환이 될 만한 작은 과자를 사무실 책상 서랍에 넣어놓는 것, 업무 시작 전에 향이 좋은 드립 커피를 내리고 책상을 정리하는 일. 힘을 내고자 하는 의지를 담은 별것 아닌 행동들이 그 무엇보다도 효과적이었다.

오랜 기간, 공무원이란 이름 뒤에 나를 감추려 애썼다. 웃고 싶지 않은데 웃고, 화를 내고 싶은데 참아가며 싫은 일만 열심히 하다 보면 자율성을 잃는다. 좋아하는 걸 찾아야 했다. 공무원으로 해야만 하는 일 말고 순수한 즐거움으로 기쁘게 할 수 있는 일을. 평일 아침 한두 시간 일찍 일어나서 출근 전에 요가나 산책으로 몸을 움직였다. 영어 공부를 하기도 했고, 주말 오전에는 카페에 가서 책을 읽었다. 하루의 고단함을 재료 삼아 일기를 썼다. 고양이를 그리고 꽃을 그렸다. 좋아하는 일을 하는 순간만큼은 무거운 의무와 책임에서 벗어나 가벼웠다. 아침잠도 많고 체력도 약해 매일 생산적인 모닝 루틴을 지키는 부지런한 인간은 되지 못했지만 그때그때 마음이 가는 일을 하며 자율성을 회복했다.

스스로를 돌보며 나 자신으로서 삶을 즐기려는 노력은 사무실에서의 가벼운 우울과 무기력, 권태뿐 아니라 드물게 찾아오는 진짜 위기 앞에서도 유효했다. 그 끝이 어딘지 알 수 없을 정도로 높게 뻗은 벽이 앞을 가로막아 이번만큼은 도저히 넘을 수 없을 것 같을 때, 이겨내보겠다는 각오조차 할 수 없을 때 제자리에서 한참을 주저앉아 있다가도 결국 다시 일어나는 데 힘이 됐던 것은 졸음을 참고 일기장을 꺼내 적어본 한 줄의 문장, 눈물을 닦고 마시는 따뜻한 차 한 잔, 지푸라기라도 잡고 싶은 심정으로 펼친 책 한 권. 거창한 것은 아무것도 없었다.

틈만 나면 녹아 흘러내리는 의지를, 버티려는 마음을 작은 것들의 힘으로 얼리고 다시 얼리는 일을 반복하는 것. 싫어하는 일을 끝내 좋아할 수는 없었지만 예상보다 오래 버틸 수 있었던 나만의 비법 아닌 비법이다.

기름칠은 셀프

커다란 기계 속 다른 나사들과 달리 나만 내 자리가
아닌 곳에 잘못 끼워진 것 같은 기분이 들면

단단   삐꺽   반짝

나는 뜨거운 물에 거품을 잔뜩 내어 목욕을 한다

개운해

이제
어느 자리에서도
잘 돌아갈 수 있어

이왕이면 행복한 나사가 되고 말겠어

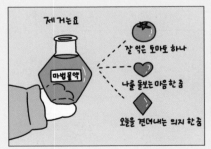

행복의 재발견

오늘도 힘든 하루였어.
책이나 읽어야겠다

남한산성

오늘 먹은 게
고작 멀건 죽
한 그릇이니

손발은
동상에 걸리고

이 시대에
관아에서
일을 했으면
목숨 부지하기도
힘들 뻔했어

"다만 당면한 일을
당면할 뿐이다"
이 문장처럼
살아야겠다

남한산성

배곯지 않고 동상 걸릴 일도 없이 공무원으로
일할 수 있으니 이 어찌 행복하지 아니한가

이게 왜
안 되는데!

너 이름이 뭐야

빨리빨리
일 안 해?

비법 아닌 비법

돌이킬 수 없는 과거의 선택도, 간절히 원하는 미래의 소망도 기웃거리지 말고 그냥 오늘 하루만 사는 것

5시 55분의
민원인

🐘10년 전쯤 공무원 임용을 앞두고 필요한 서류를 발급받으러 주민센터를 방문한 적이 있다. 그 일을 두고두고 회상하게 될 줄 그때는 몰랐다. 시간은 오후 5시 55분. 이제 나도 공무원이 된다는 생각에 신이 난 발걸음으로 당당하게 안으로 들어갔다. 그런데 직원들 중 누구도 내 얼굴을 쳐다보지 않았다. 환영받지 못하는 느낌이 확연했다. 입구에서 가장 가까이 앉아 있는 직원에게 말을 거니 그제야 그가 숙였던 고개를 들었다. 서류를 발급받으러 왔다는 말에 나를 천천히 올려다보던 어느 공무원의 무표정하면서도 체념한 듯한 표정이 어제 본 듯 선명하다.

시간이 흐르고 공무원이 되어 그때 내게 서류를 발급해준 생기 없는 공무원처럼 나도 민원대에 배치됐다. 민원대는 다른 업무에 비해 정시 퇴근을 하기가 수월한 편이지만 그렇다고 매일의 칼퇴가 보장된 것은 아니다. 연달아 야근이 계속되던 바쁜 시기, 오늘이야말로 기다리고 기다리던 디데이다. 저녁에 회의도 없고 행사도 없고 회식도 없고 쌓여 있는 서류 정리도 없다. 출근길에 나서면서부터 6시 정시 퇴근을 생각하며 힘을 내본다. 구에서 제일가는 민원인 수를 자랑하는 곳답게 9시 업무 시작 전부터 민원인들이 대기표를 뽑아가는 기계소리가 이어진다. 정신없는 하루가 어제오늘 일은 아니지만 오늘은 유난히도 최대한 빨리 퇴근해서 혼자가 되고 싶다는 마음이 간절하다.

오후 5시 30분, 사람들로 가득 차 시끄러웠던 사무실에도 고요가 찾아오고 민원인의 방문이 드문드문해진다. 엉망이 된 책상도 정리하고 화장실도 천천히 다녀올 여유가 생긴다. 한숨 돌리면서 간간히 들어오는 민원을 처리하다 보면 5시 50분. 해가 뜨기 직전이 가장 어둡다는 말이 과학적으로 근거가 있는지 찾아보지는 않았지만 경험에 비추어보면 사실임에 틀림없다. 온종일 기다려온 퇴근을 목전에 둔 지금이 바로 주민센터 민원대 직원으로서 하루 중 가장 긴장되는 순간이다.

나는 어둠 속에서 나타나 목덜미를 낚아챌지도 모르는 사자를 경계하는 한 마리 가젤이 된다. 숨을 죽이고 촉을 세운다. 그 순간 '휙' 하고 다급하게 정문을 열어젖히는 기척이 느껴진다. 누군가 주위를 두리번거리다가 대기표를 뽑는다. 전광판의 숫자가 0에서 1로 바뀌면 민원대 직원들 가운데 하나가 총대를 메는 심정으로 벨을 누른다. 그렇게 고비를 넘기고 다른 이들은 안도한다. 잠시 뒤 5시 55분, 또 다른 누군가가 헐레벌떡 들어온다. 이미 한 명은 민원을 보고 있고 입구 쪽에 앉아 있는 직원은 갑자기 책상 아래로 허리를 숙이더니 서류함을 열며 딴청을 부린다. 다른 한 명은 아주 오래전부터 자리를 비웠고 나머지 한 사람은 급하게 제출할 공문이라면서 키보드를 마구 두드리고 있다.

'그래, 어쩔 수 없지. 이번엔 내 차례구나.'

체념과 함께 벨을 누른다. 운이 좋다면 간단하게 끝나는 단순 서류 발급일 수도 있다. 민원인이 들고 온 업무는 주민등록증 재발급. 서두르면 5분이면 마칠 수 있다. 속으로 쾌재를 부른다.

'하느님, 부처님, 세상의 모든 신들이여, 감사합니다. 저는 오늘 칼퇴를 할 수 있습니다!'

5시 59분에 임시 신분증 출력까지 마쳤다. 수수료도 받았다. 미션 클리어! 그런데 왜 업무가 끝났는데도 민원인은 내 앞을 서성이는가. 시계가 6시를 알린 바로 그때, 그가 입을 열었다.

"저 출생신고도 하려고 하는데요."

두려워하던 일이 일어났다.

공무원 임용 서류를 발급해주던 그 주임님, 이미 10년도 넘게 지난 일이니 지금쯤이면 계장님이 되어 있을지 모를 그 사람의 기억이 등장할 타이밍이다. 내키지 않는다는 듯이 천천히 고개를 들어 '5시 55분의 민원인'인 나를 바라보던 그 표정이 내 얼굴에 겹쳐 떠오른다. 여기는 주민센터이고 나는 공무원이다. 국민의 세금을 받아 생계를 유지하는 처지에 "죄송하지만 선생님, 지금 시간이 6시가 되어 저희가 업무를 마감해야 하는데요. 출생신고는 내일 다시 오셔서 접수해주시면 안 되겠습니까?"라며 민원인을 돌려보낼 깡 따위는 없다. 출생신고는 신고서 작성 자체가 까다롭고 시간이 오래 걸리는 업무다. 신고서 안내부터 작성에 접수 완료까지 다 하려면 넉넉잡아 30분은 걸린다. 정신을 차리고 최대한 시간을 단축해보려고 노력했다. 연필로 신고서의 기재사항을 하나하나 체크하며 작성 방법을 안내했는데 하필 행정서류 작성과 친하지 않은 분이라 신고서 작성만 20분째.

자리에 앉아 두 손을 모으고, 콧바람을 불며 마감 직전 주민센터를 방문했던 과거를 반성하고 있는데 갑자기 기적이 일어났다. 퇴근시간 한참 전부터 종적을 감췄던 주임님이 '짠' 하고 나타난 것이다. 그리고는 본인이 출생신고 담당이고 오늘 보안 당번이라 사무실에 있으니 업무 처리를 자신에게 맡기라는 것이 아닌가!

바쁘고 바쁜 현대사회, 관공서를 업무시간 내에 방문하는 일이 요원하다면 다른 방법을 찾아보자. 근래에는 인터넷으로도 서류 발급 및 각종 행정 접수가 가능하다. 관할 동에서만 처리할 수 있었던 업무도 점차 어느 주민센터에서나 해결할 수 있도록 바뀌고 있다. 아직까지 거주지 동에 직접 찾아가야 하는 업무가 몇몇 남아 있지만 많은 곳에서 특정 요일마다 저녁 시간대에 민원을 볼 수 있는 야간민원을 운영 중이다.

부득이하게 마감 직전 주민센터를 방문했다 해도 걱정할 건 없다. 늦게 와서 미안하다는 말 한 마디면 괜찮다. 말하기가 쑥스럽다면 겸연쩍은 미소만으로 충분하다. 깊은 반성의 시간을 거쳐 나는 마침내 '5시 55분의 민원인'에서 벗어났다. 그리고 더 이상 공무원이 아닌 지금도 관공서뿐 아니라 마감 시간이 있는 어떤 곳을 방문할 때는 시간적으로 여유를 갖기 위해 신경을 쓴다. 모든 이들의 홀가분한 퇴근길을 응원하는 새사람으로 거듭났달까?

최고의 외로움

사무실 이사로 밤 12시까지
야근한 다음 날 18시 정각

윙~

이구동성

제발 빨리 셔터 좀
내려주세요

인감 변경하러 왔어요.
인감 담당 누구죠?

직원용 출입문

벌컥

전데요

대탈출의 행렬

왜 하필 오늘처럼
피곤한 날에…

먼저
갈게

이 도장으로
변경할게요

텅 빈 사무실에서 민원을 보는 마음에
외로움이 눈보라처럼 내린다

내부의 방해꾼

전화로만 민원을 응대하면 정시 퇴근이 쉬워질 줄 알았는데

부담금은 지역마다 액수가 다르고요, 고지서 뒷면에 기준이 나와 있습니다

그게 무슨 개떡따구 같은 소리야

살 길은 퇴근뿐이야. 기다리고 기다리던 퇴근시간~

18:00

파이널 뤼~

18:05

설마

그건 제 담당이 아니라서요, 담당 바꿀게요

퇴근 해야지~

한번 받으면 욕 듣느라 언제 끝날지 모르는 전화

정시 퇴근 만세

Chapter 4

공무원이었습니다만

그립다고 말해도
괜찮을까요?

🐹 공무원을 그만둔 뒤 '그립다'라는 말은 내게 금기어였다. 그립다는 건 그때가 좋았다는 말이고, 그때가 좋았다고 느낀다는 건 공무원을 그만둔 지금이 불만족스럽다는 뜻이니까. 오랜 고민 끝에 내린 선택에 대한 후회처럼 여겨질까 봐 공무원이었을 때가 좋았다는 마음이 조금이라도 맺힐라치면 황급하게 고개를 흔들었다.

처음으로 그리운 마음을 떨구지 못했던 것은 퇴직한 지 1년이 되던 시점이었다. 겨우내 세 달 동안 사람들과의 만남을 최소화하며 집에서 원고 작업을 했더니 외로웠다. 혼자서도 긴장감 있게 효율적으로 일하는 법을 익히는 과정이 쉽지 않앉고 지금 하고 있는 일이 어떤 결과물로 나올지 불안했다. 내가 잘하고 있는 건지 아무도 말해주는 사람이 없었다.

오후 6시도 안 됐는데 벌써 어두워진 쓸쓸한 겨울 저녁, 도서관에 책을 반납하러 갔는데 같은 건물 1층에 주민센터가 있었다. 나도 모르게 유리로 된 사무실 정문 앞에 멈춰 섰다. 퇴근시간이 얼마 남지 않은 주민센터 안이 그날따라 환하고 따뜻하게 빛났다. 민원인들도 다 빠진 시간, 직원들이 테이블 주변에 모여 있었다. 정시 퇴근 직전의 간식시간인지, 오늘 저녁에 있을 행사로 인한 야근을 앞두고 회의를 하는 건지, 문밖에서 아무리 쳐다봐도 외부인인 내가 알 수는 없었다.

'아, 저 사람들은 공무원이구나. 저기 소속되어 있구나.'

아차 싶었지만 그건 또렷한 모양의 부러움이었다. 저기 내가 있었으면 이렇게 혼자 헤매는 듯한 외로움은 느끼지 않았을 것이라고 생각해버렸다. 퇴근 무렵의 안도감, 동료들과의 소소한 대화, 오늘도 내일도 확실하게 정해져 있는 일과가 그리워졌다. 날카롭게 벼려진 자갈 위를 걷는 것 같은 공무원 생활이었는데 뒤돌아보니 사이사이에 알록달록 예쁘게 빛나는 동그란 조약돌이 섞여 있었던 것이다.

출근길이 좋았다. 사무실에 들어서는 순간, 긴 하루의 무게가 어깨를 짓눌렀지만 출근길 발걸음은 언제나 씩씩하고 힘찼다. 적어도 아침만큼은 세상에 내 자리가 있다는 것에 대해 감사한 마음을 상기할 수 있었다. 퇴근길도 좋았다. 몸과 마음은 너덜너덜 녹초가 됐을지언정 정시 퇴근이든 늦은 퇴근이든 모두 좋았다. 금요일이나 연휴 전날의 퇴근길은 환호를 지르며 앞서 가는 사람들을 다 제치고 제일 먼저 뛰쳐나가고 싶을 만큼 좋았다.

사계절을 시시각각 온몸에 새기는 일이 좋았다. 주민센터의 월례행사표를 따라 부지런히 한 해를 보내면 봄-여름-가을-겨울 계절의 변화를 뚜렷하게 감지하게 된다. 새벽 출근과 야외행사는 달갑지 않지만 덕분에 한 절기라도 무의식적으로 보내지 않을 수 있다. 봄에서 여름으로 넘어갈 무렵의 새벽은 이슬 맺힌 풀 냄새가 공기 중에 섞여 상쾌했다. 가을이 끝나고 겨울에 들어설 즈음의 깜깜한 새벽에는 마른 낙엽 향이 감도는 공기가 차가웠다. 계절마다 열리는 야외행사는 신록과 단풍을 원 없이 즐길 수 있는 기회이기도 했다.

사무실에서 사람들과 부대끼다 잠시 혼자 쉬는 시간이 좋았다. 이른 아침에 출근해 늦은 저녁에 퇴근해야 하는 보안 당번 차례가 돌아오면 아무도 없는 사무실이 무섭기도 했지만 그 적막함이 반가웠다. 가끔 모든 것에 진절머리가 날 것 같은 조짐이 보이면 점심시간에 혼자 밥을 먹고 산책을 하거나 마을문고 구석으로 숨어들었다. 아침에 동네 청소나 민방위 소집 훈련을 한 후 다들 국밥집으로 밥을 먹으러 갈 때 홀로 빠져나와 일찍 문을 연 카페에서 커피를 마시는 시간도 좋았다.

힘든 일이 몰아치다 마무리되는 시점이 좋았다. 많은 주민을 모시는 행사를 연달아 치르고 난 후, 문을 열기만 해도 기침이 나올 것 같은 먼지 가득한 서고를 뒤지고 뒤져 기록물 정리를 마무리한 날, 혹시라도 문제가 될까 마음을 졸이며 준비한 감사가 별일 없이 끝난 날, 사무실 대공사로 인한 임시사무소 생활을 마치고 다시 원래의 사무실로 돌아간 날, 가족들보다 직원들 얼굴을 더 많이 봐서 지겹다고 서로 질색을 하던 선거 레이스를 마친 날. 크고 작은 고비들이 드디어 끝을 맞이하는 지점들을 사랑했다.

큰일이다. 정신을 차려보니 아름다운 추억의 조약돌들이 두 손 가득 넘치고 있다. 이러다가 공무원을 그만둔 걸 땅을 치고 후회하게 되면 어떡하지? 지난 주말에 전 직장 근처에 갈 일이 생겼다. 점심시간마다 친한 동기와 함께 걸었던 산책로를 걸었다. 봄이면 벚꽃이 피고 가을이면 억새가 우거지던 그때의 기억에 마음 한구석이 그윽해졌다. 사진을 찍어 너와 함께 걷던 그 길을 지금 혼자 걷고 있노라고 동기에게 메시지를 보냈는데 한참 있다 돌아온 한 줄.

'언니, 난 그 길 근처에도 가기 싫어 ㅋㅋㅋㅋ'

시간의 흐름이 당시의 고단함과 억울함과 울분과 피곤을 벗겨냈다. 닿을 길 없는 과거라는 필터가 씌워진 추억은 마냥 눈부시다. 가공된 기억은 자꾸 돌아가고 싶은 기분을 자아낸다. 속지 말아야지. 다시 돌아가면 필터는 사라지고 흐려진 기억은 날카로운 현실이 될 거야.

그래도 딱 한 번쯤은 시원하게 속마음을 털어놓아야겠다. 맞다. 공무원으로 일하던 때가 나는 그립다. 모든 날은 아니어도 많은 날이 그립다. 눈물과 웃음이 범벅이 된 얼굴로, 열정과 분투로 매 시각을 열심히 살아내던 그때가 그립다.

속지 않아

그리워

전직과 현직의 차이

우리 내일
만나는 거지?
구청으로 갈게

저녁 뭐 먹을까?

구청 앞에서
자주 먹던 낙지 볶음밥도
먹고 싶고 피자랑
수제비도 생각나

다 지겨운데

차라리 구청
구내식당은 어때?

언니도 예전에는
지겹다고 했던 메뉴인데
공무원 그만두더니
모든 게 다 그립나 봐

구내식당??

아직 구내식당 밥이
맛없다는 걸 까먹을 정도로
시간이 지난 건 아니거든

아니!

아니!

퇴직 1주년

벌써 퇴직한 지
1년이네

엄마, 왜 아침부터
우리 집에 있어?

너 퇴직한 거 아니고
사실 휴직한 거야.
오늘 복직일

아냐 이건 꿈이야 내가 얼마나
힘들게 공무원을 그만뒀는데 또 출근이라니

휴…십년감수했네

너무 무서운 꿈이었어

보고 싶은
사람이 있습니다

tvN '유 퀴즈 온 더 블록' 재방송을 보는데 MC 유재석과 조세호가 길을 가다 통장님 한 분을 만나는 장면이 나왔다. '통장 하시면서 가장 큰 보람이 뭡니까?'란 질문에 나도 대답이 궁금해서 귀를 쫑긋하다가 '풉' 하고 웃고 말았다.

"크게 보람은 없고."
"무슨 일만 있으면 불려 나가."

사람 좋은 얼굴로 허허 웃으면서 툭툭 내뱉는 말투가 내가 알던 많은 통장님들과 다르지 않았다.

"가만 있어봐, 가서 수박이라도 갖다 쪼갤까?"

　당장이라도 수박 한 통을 통째로 썰어 내올 것 같은 통장
님의 소탈하고 정겨운 행동이 반가웠다.

　버스를 타고 예전에 일하던 주민센터 근처를 지나가는데
많은 사람들이 기억 속을 스쳤다. 서무 보조였던 나를 예뻐해
주셨던 동장님, 공무원의 의무에 대해 틈날 때마다 알려준 계
장님, 민원대에서 큰소리가 날 때면 한달음에 달려와주던 7급
주임님, 언제나 다정했던 행정 업무 보조 선생님, 짝꿍처럼 나
란히 앉아 업무 중간중간 말동무가 되어준 사회복지 도우미
친구. 여러 얼굴들이 떠올랐지만 가장 보고 싶은 사람은 따로
있었다. 오래된 주민센터의 유리문을 활짝 열고 들어와 통반
장 담당이었던 내 이름을 외치던 통장님이다.

　동 행정은 직원으로만 모든 걸 꾸려나갈 수 없는 방대한
영역이기에 주민들과 함께해야 한다. 주민자치위원회(주민자치
회), 통장협의회, 새마을지도자협의회, 새마을부녀회, 바르게
살기위원회, 방위협의회, 자유총연맹, 자율방범대 등등의 여
러 단체가 있다. 매달 열리는 각 단체의 회의 외에도 주민들이
수시로 사무실을 드나든다. 단체의 회원과 통장을 겸하는 주
민들도 많아서 구별을 짓는 의미는 크게 없지만 동 근무를 하

다 보면 어떤 단체 회원보다도 통장님을 가장 많이 만난다. 직능단체의 회원들이 자원봉사자라면 통장님들은 준직원에 가까운 느낌이다. 통이란 행정시책을 주민에게 전달하고 동 행정 및 지역 방위를 효율적으로 수행하기 위해 만든 동의 하부조직으로 그 통의 일을 맡은 사람을 통장이라고 한다.

공무원이 된 후 내가 처음 맡은 단체가 바로 통장협의회였다. 그리고 나로 말할 것 같으면, 어릴 적부터 낯가림이 심해서 명절에 외갓집에 가서 5촌 이상의 친척만 만나도 부끄러워 입을 다물었던 사람이다. 특히 사람을 단체로 대하는 기술이 약하다. 나이가 들며 나아지긴 했지만 첫 통장협의회 회의가 있던 날, 30명이 넘는 통장님들이 우르르 사무실에 들어와서 새로운 담당이 왔다며 내 앞으로 서슴없이 돌진(당시 내 눈에는 정말 그렇게 보였다)해올 때의 그 당혹감이란.

유퀴즈에 출연한 통장님의 "무슨 일만 있으면 불려 나가"라는 말은 100% 사실이다. 지역 민방위대장이므로 민방위 통지서 배부는 물론이고 민방위 훈련이 있을 때도 참여한다. 전입과 관련하여 가가호호 방문하여 거주 사실을 확인하기도 한다. 주민에게 직접 전달돼야 하는 모든 통지서 배부를 담당하는 것도 통장님이고, 초등학교 취학 통지서나 적십자회비 고지서, 그 밖에 매달 발행되는 모든 지역 소식지가 통장님의 손을 거친다. 통장님은 크고 작은 온갖 행사들에 주체 혹은 손님으로 참여한다. 주민들의 행정에 대한 불만이나 건의사항을 동에 전달해주는 역할도 한다. 심지어 동네에서 무슨 일이 생기든 통장님한테 물어보면 만사 오케이. 매달 30만 원(원래 20만 원이었다가 2020년에 30만 원으로 인상)씩 통장 수당이 나오고 소소한 혜택들도 따르지만 문지방이 닳을 정도로 주민센터를 들락날락하는 통장님들을 보면 그 수당이 충분한지 모르겠다.

통장은 주로 그 동네에서 오래 살고 동네 사정을 잘 아는 사람들이 맡는다. 연임하는 경우가 많아서 서로 잘 아는 사이이기도 하다. 왁자지껄한 분위기에 내가 과연 끼어들 틈이 있을까 낯설기도 하고, 사람 대하는 요령도 없어 처음에는 통장님들을 사무적으로만 대했다. 시간이 흐르며 같이 회의를 하고 야유회를 가고 눈을 치우고 행사 지원을 나가며 동료처럼 가깝게 지내다 보니 어느샌가 통장님들의 매력에 푹 빠져들고 말았다. 아침 7시에 모여 동네 청소를 하는데도 어쩜 그렇게 활기찬지. 인정은 왜 그렇게 많은지. 사무실에 왜 자꾸 옥수수를 쪄서 가져오시고 과일을 갖다주시는지. 스스럼없고 친근한 통장님들 덕분에 내게도 점차 넉살이라는 게 생겼다.

당시 사수가 까다로워 마음고생이 심했는데 통장님들의 다정한 기운이 위안이 됐다. 내 손을 꼭 잡고 손이 이렇게 차서 어떡하냐고 걱정해주고, 잘 먹어야 한다며 행사 때마다 먹을 것을 입에 넣어주고, 오다가다 길에서 만나면 반갑게 내 이름을 불러주던 사람들.

갈수록 현대화되고 단절되고 있는 마을생활에서 통장님은 사람과 사람, 주민과 동을 이어주는 다리와 같다. 통장님을 비롯해 동을 위해 일하는 주민들이야말로 지방직 공무원 사회에 '정'이라는 단어가 건재할 수 있게 만드는 최후의 보루다. 손이 시린 계절이 되면, 헛헛함에 가슴이 시려오면 정다운 우리 동네의 이웃, 통장님이 보고 싶다.

끝이 없는 인사

통장님과의 사계절

여름 동네 청소

아, 네

순이 주임, 장갑 꼭 끼고 해요

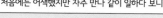

처음에는 어색했지만 자주 만나 같이 일하다 보니

가을 민방위

매번 하는 건데 허허

새벽부터 수고 많으세요

민방위

겨울 신년 인사회

추운데 오시느라 고생하셨어요

구청장님 오시는 큰 행사인데 당연히 와야지

봄 야유회

통장님들 진짜 흥이 넘치시네

어느새 동료처럼 이웃처럼 통장님들 사이에 스며들어버렸다

따뜻해

실패한 공무원의
성공론

🐹 공무원으로 일하고 있는 지인의 이야기를 전해 들었다. 일찌감치 진로를 정해 대학 졸업과 동시에 공무원 시험에 합격한, 나도 몇 번인가 얼굴을 본 적이 있는 친구의 친구였다. 부부 공무원으로 세 명의 자녀를 두었으며 6급으로 승진도 했다고 했다. 코로나 사태가 심해지기 전, 공무원 유학의 기회를 얻어 온 가족이 외국에 간다는 소식도 들려왔다. 대단하다는 탄성이 나왔다. 나와 동갑이고 한때는 같은 공무원이었지만 지금은 완전히 다른 행로를 걷고 있다. 그는 잘나가는 공무원이었다.

시보 시절, 나의 짝꿍은 7급 선임이었다. 50대 중반임에도 말간 얼굴에 작고 상냥한 목소리를 가진 주임님이 나는 좋았다. 그런데 안타깝게도 짝꿍은 비슷한 연배의 다른 7급 직원에게 종종 핀잔과 구박을 들었다. 사람들이 모이면 그 주임님에 대한 뒷담화를 했다. '옛날에는 일을 잘해서 승승장구했는데 어떤 사건으로 갑자기 사람이 달라졌다', '6급 승진도 멀어진 지 오래다'라는 수군거림이 얼핏 들려와도 당사자는 아무 대꾸도 없이 그저 눈빛만 슬퍼졌다.

다른 근무지에서 만난 정년이 얼마 남지 않은 최고참 7급 주임님의 처지도 비슷했다. 나이 차이가 많이 나는 한 후배가 그 주임님을 만만하게 여기며 예의 없이 대하는데도 아무런 대응을 하지 않았다. 개인적으로 대화를 나눠보면 좋은 분인데 사람들 속에서 자신을 고립시켰다.

정년이 가까운 나이에 6급 이상의 관리직으로 승진을 하지 못한 평직원들은 어떤 말년을 보내게 될까? 선배에 대한 배려 차원에서 덜 힘든 업무를 배정받을 수는 있지만 노안이 와서 나빠지기 시작한 시력과 조금씩 둔해지는 업무수행 능력 탓에 최전방에서 젊은 직원들과 같은 강도로 일을 할 수는 없다. 업무적으로 중심에 서지 못하니 개인적으로도 무기력하고 위축되는 경우가 많아 주위 사람들도 같이 일하는 걸 썩 달가워하지 않았다.

승진은 분명한 방향을 제시해준다. 공직사회에서 승진은 때때로 능력보다는 의욕의 문제로 보인다. 앞서 언급한 7급 평직원과 실력은 비슷해도 의지가 충만한 사람들이 있었다. 어떤 계장님은 승진을 위해 눈에 불을 켜고 직원들을 쥐어짜서 욕을 많이 먹었다. 그 사람 하나 때문에 당시 그의 밑에서 일했던 공무원 여럿이 힘든 주민센터 생활을 해야만 했다. 그렇지만 슬픈 승진 포기자의 운명에 순응하는 사람들과 비교해본다면 그 계장님은 주변에는 모질어도 스스로의 운명을 개척하는 진취적인 악역이라고 볼 수 있지 않을까.

상대적으로 치열하지 않다고는 하지만 공무원 사회 안에도 맹렬한 승진 경쟁이 있다. 승진을 위해 차근차근 인맥을 만들어 관리해야 하고 근무평정 점수를 잘 받을 수 있는 부서를 찾기 위한 정보력도 갖춰야 한다. 아무 때나 힘든 부서에서 힘든 일을 하느라 진을 빼면 안 된다. 승진을 할 시기에 맞춰서 성과를 낼 수 있는 일을 해야 한다. 더 이상 승진이 늦어지면 안 되는 간절한 타이밍이 오면 누구의 바짓가랑이라도 붙잡아야 한다.

경쟁을 좋아하지 않기에 사람들이 왜 승진에 목을 매는지, 왜 승진 이야기만 하는지 이해가 가지 않았다. 그런 나도 세속적인 성공의 계단에 오르지 못한 사람들의 사회적 곤궁

함을 목격하고 나니 승진을 포기할 자신이 없어졌다. 투지가 약해 7급으로 공무원 생활을 마무리하게 되지는 않을까 염려했다.

　승진이 공무원 생활의 전부는 아니다. 고속승진으로 잘나가던 사람이 추문에 휩싸여 직위해제를 당하기도 하고, 훌륭한 인품과 출중한 능력으로 모두의 인정을 받던 사람이 건강을 잃는 경우도 있다. 직급의 피라미드를 열심히 올라도 내 위에는 또 누군가가 있기 마련이다. 평직원들이 우러러보는 5급 과장도 구청장과 구의원들한테 가차 없이 혼난다. 그렇지만 목표가 없으면 삶은 쉽게 흐물거린다. 승진이 매일을 견디는 균형 잡힌 욕망으로서 기능한다면 공직생활에 건강한 활력이 된다.

　이제 마흔에 갓 접어들었는데 6급 승진에, 다복한 가정에, 유학까지 가는 그 친구야말로 공무원적 기준에서는 모든 것을 다 갖췄다고 해도 과언이 아니다. 그도 내 글을 찾아본다고 하니 한 줄을 빌려 마음을 전하고 싶다.

　"친구야, 정말 대단하다. 앞으로도 성공한 공무원의 바람직한 행로를 계속 보여주길 바라. 행복하고 건강하렴."

성공이 있다면 실패도 있다. 세속적인 기준에서 본다면 7급을 달자마자 의원면직한 나는 실패한 공무원. 그에 비하면 승진 경쟁에서 낙오해 만년 7급으로 공무원 생활을 마무리한 직원들도 정년퇴직을 성취했다는 점에서는 큰 성공을 거둔 사람들이다.

6급 승진도 정년퇴직도 이루지 못했지만 나는 스스로 원해서 공무원이 됐고 원해서 공무원을 그만뒀다. 공무원으로 일했던 날을 후회하지 않고 그곳에서 보낸 씁쓸하면서도 달달한 기억을 간직해 글과 그림으로 담았다. 회상기인지 반성문인지 알쏭달쏭한 기록을 많은 이들과 나눌 수 있는 기회를 얻었다. 8년 8개월의 공무원 생활이 진짜 성공과 진짜 실패, 둘 중에 어디에 가까운지 지금으로서는 나도 잘 모르겠다.

주임님, 최송한데 이것 좀 봐주세요

호순 씨, 내가 봐줄게

신규 공무원이었던 내게 친절했던 짝꿍 주임님은

멧비둘기 주임님 또 저기서 울고 있네. 매일 청승이야

다 돌으라고 크게 말하는 건가?

ㅋㅋ

승진 경쟁에서 오래전에 도태된 만년 7급이었다

멧비둘기 주임님 TT

주임님, 여기 일하러 나온 거 맞죠?

후배 7급

축욱

주임님을 볼 때마다 안타까운 마음이 드는 한편

오늘따라 울음소리가 더 구슬퍼

구구우~ 구구구우~

나도 무기력한 승진 포기자가 될까 봐 두려웠다

오직 승진뿐

새로 온 주임님은 6급 승진에 목맨 자로

곧 승진에 유리한 업무를 차지했다

승진을 위해서라도 잘해야 한다는 압박 때문인지
과도하게 직원들을 통제하며 괴롭혔다

5급 승진의 꿈까지 이뤘으니 남은 공무원 인생
온화함만 함께 하길 바랍니다

승진 따위

처음에는 왜 사람들이 승진에 웃고 우는지 알 수 없었다

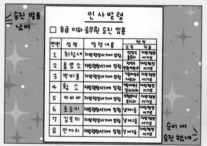

오랜 시간 기다려 8급으로 승진하던 날,
사실은 승진이 좋았어요

이상한 욕심

수건 나온 거 가지세요. 전 필요 없어요

주임님은 왜 이렇게 욕심이 없어요?

7급 승진하던 날

신난다

이제 7급도 달았으니 그만둘 수 있겠다. 그동안 쌓아둔 에피소드가 꽤 많은걸

임용장

냉제를

지방행정서기 홍웅이

지방행정주사보에 임함

제게도 욕심이 있습니다. 공무원이었던 시간을 언젠가 글과 그림으로 만들어보고 싶은 욕심이

힘들어도
함께 일한다면

🐾 더 이상 공무원이 아니지만 그래도 어디서 공무원이란 말이 들려오면 귀가 솔깃해진다. 얼마 전에도 뉴스 하나를 지나치지 못했다. 모 시청 소속 남성 공무원이 국가인권위원회에 여성도 남성과 똑같이 야간 숙직 업무에 참여해야 한다는 진정서를 제출했다는 내용이었다. 서울시에서는 2019년부터 여성 공무원을 야간 당직에 포함하기 시작했고(2018년 12월부터 시범 도입), 내가 일했던 자치구에서도 2020년부터 여성 공무원이 야간 당직을 하고 있다. 시작에 불과할 뿐이지만 변화의 물꼬가 터졌으니 전국적으로 관공서에서 양성이 똑같이 숙직을 맡을 시점이 머지않아 보인다.

그동안 남성 공무원들만 야간 당직을 해왔다는 게 이상하다는 생각이 이제야 들었다. 양성평등은 사회적으로도 공직에서도 중요하게 다뤄지는 이슈지만 내가 공무원으로 재직 중일 때는 이런 문제에 대해 '왜?'라는 의문을 가지고 깊이 생각해 볼 겨를이 없었다.

공무원 업무에 남녀 구분이 없는 건 맞지만 관리자와 인적 구성에 따라서 부서마다 차이가 나기도 한다. 첫 발령지였던 주민센터의 동장님은 항상 '같이!'라는 말을 입버릇처럼 달고 있었다. 덕분에 성별이 다른 데서 오는 차이를 별로 느끼지 못했다. 제설 작업을 할 때 동장님에게 직접 삽질을 전수받는 영광을 누리기도 했다. 키가 작아서 행정차량에 오르내릴 때마다 버둥거리거나, 쓸데없이 가느다란 손목으로 헐렁하게 삽을 잡거나 하는 것은 문제가 되지 않았다. 비상근무를 설 때도 남녀 구분 없이 다들 나와서 밤을 새웠다. 무거운 물품이 들어올 때마다 동장님의 외침 아래 일사불란하게 움직였다. 동장님은 같이를 '가취'로 발음하곤 했는데 그 뒤를 따라 우리도 구호처럼 외쳤다.

"가취!!!!"

가끔 여자들은 밤샘근무를 열외시켜주는 동도 있다더라는 말을 들어도 딱히 부럽지 않았다. 매일매일이 버거운데 양성평등이 잘 실현되고 있는 곳에서 일하고 있는지 아닌지 돌아볼 여유가 어디 있겠는가.

그때는 제대로 살펴보지 못한 기억들이 있다. 청소, 민방위, 수방, 공사, 현장 단속 같은 일들은 주로 남직원들이 맡았다. 사무실에 손님이 오면 차를 준비하고 간식을 내는 것은 여직원들의 몫이었다. 바퀴벌레가 나오면 남자 직원들이 잡아줬다. 같이 짐을 나를 때도 남자 직원들이 더 무거운 것을 드는 경우가 많았다. 여자 직원들이 매일 아침 과장님의 컵을 닦고 차를 준비하는 과도 있었다. 국장실의 비서가 연가를 쓰면 해당 국에 속한 여직원들만 순번을 정해 비서의 대직을 맡았다. 육아휴직은 여자들만 썼고 당연히 육아휴직을 쓰는 남자는 없었다. 매번 여직원들만 탕비실에서 떡을 접시에 담고 과일을 썰면서도, 남직원들만 야간 당직을 맡으면서도 그 차이에 아무도 신경 쓰지 않았다. 맞벌이가 보편화되기 전 아빠는 밖에서 돈을 벌고 엄마는 집에서 살림과 육아를 담당했던 것 같은 자연스러운 질서가 있었다.

오래전 일이기는 하지만 다른 성별의 직원에게 엉덩이가 크다거나 하체가 튼튼하다는 말을 서슴없이 하는 직원도 있었다. 불쾌하고 당혹스러웠지만 그런 발언을 해놓고도 무엇이 문제인지 알지 못하는 그 사람의 악의 없는 표정에 개인적인 말버릇의 문제로 치부하고 넘겨버릴 수밖에 없었다. 과거의 부족한 성 인지 감수성, 구시대적인 문화와 교육, 여기에 권력 문제까지 더해져서 용인됐던 일이다. 처음에는 여자이기 때문에 난처한 상황을 겪는 게 아닌가 생각했는데 주변을 관찰해보니 빈도의 차이는 있어도 그런 일은 남녀를 가리지 않고 일어났다. 외모에 대한 선을 넘는 말을 하고, 여성다움 혹은 남성다움을 노골적으로 요구하는 무례한 일들이 허용되던 기이한 시절이었다.

시대가 바뀌면 그동안 당연했던 것들이 더 이상 당연하지 않게 된다. 내가 일하던 당시에도 전통적이고 전형적인 성별 구분이 공직사회 군데군데에 남아 있었다는 걸 지나고 나서야 알게 됐다. 이제는 남자만 숙직을 하는 게 이상한 세상이 됐고, 여자만 상사의 책상을 정리하고 차를 내오는 것이 이상한 세상이 됐다. 아니, 아예 상사의 책상을 부하직원이 정리하고 차를 준비하는 행위 자체가 이상한 게 되어버렸다. 나아가 현재의 숙직 제도 자체가 비효율적이며 개선이 필요하다는 지적도 나오고 있다.

지난 10년간 참 많은 것이 달라졌다. 최근에는 국장실의 비서가 연가를 써도 그 대직을 남녀 구분 없이 한다고 하고, 남성 공무원들이 육아휴직을 내는 것도 흔한 일이다. 주로 남자 직원들이 맡아왔던 특정 업무에 여자 직원들이 진출하고 있는 것도 눈에 띄는 변화다. 나아가 요즘 공무원들은 외모에 대한 지적이나 성적인 발언의 부당함을 참지 않는다.

이런 변화가 놀랍냐고? 아니다. 양성평등에 대한 논의가 활발해진 데다 여성 공무원의 수가 늘어나면서 공직사회에서의 성별 구분이 사라지고 있다. 행정안전부의 지방자치단체 공무원 인사통계에 따르면 2012년 지방자치단체 공무원 284,355명 중 여성공무원은 87,239명으로 전체의 약 30%를 차지했으나 2019년에는 전체 337,084명 중 여성 공무원이 132,563명, 약 39%로 증가했다.

급격한 변화를 맞고 있는 과도기인 만큼 주민센터 같은 일선에서는 젊은 남성 공무원이 모자르다는 뉴스와 공무원 사회에서 양성평등의 권력구조가 실현되기까지는 아직 갈 길이 멀다는 뉴스가 동시에 보도되고 있다. 누구나 평등하고 공정한 대우를 받는 공직사회를 이룰 수 있는 완벽한 해법 같은 것은 없다. 그렇기에 더더욱 불합리한 이유로 고충을 호소하는 공무원들이 있다면 그때마다 귀를 기울여 균형을 맞추기 위해

노력해야 한다. 내게 삽을 쥐어주던 동장님의 우렁찬 한 마디
가 다시 한번 귓가에 맴돈다.

　　"여러분, 가쳐 합시다!"

아닌 건 아니야

지금이라면 문제가 될 것들이
문제로 여겨지지 않았던 시절이 있었다

나도 너도 힘들었던 그때

10년 사이에 많은 변화가 있었지만 제일 반가운 건
사람들이 아닌 건 아니라고 말하기 시작했다는 것

굳이 비교하자면

구청은 사무직에 가깝고

주민센터는 잡직에 가까움

주민센터에는 힘쓸 일이 많다

짐은 가취 (같이) 듭시다

직원들 다 나오세요

일을 할 때는 남녀의 구분 없이 일해야 한다는
동장님으로부터 조기교육을 받았지만

사다리도 없이
담을 타고
만국기를 다는 일은
도저히 못하겠어

도저히 해내지 못할 것 같은 일들이 있었다

계장님
왜 그때 만국기 힘들게
직접 다신 건가요?

검색하다 만국기는
보통 업체에서 설치해
준다는 것을 알게 됨

어쩌면 미래

옛날에는 여성 공무원들이 적었구나

여성 공무원 채용 목표제

1996년~

양성 평등 채용 목표제

2003년~

서울시 여성 공무원 숙직 제도 도입 시작

2019년

화상용 타임머신

공직사회에서 양성평등은 오랫동안 논의되어온 과제

리모컨이 고장 났나? 왜 2055년 양성평등 현황이 안 나오지

치이—익

2055년

2055년의 동주민센터

9급공무원봇   8급공무원봇

설마 양성평등이 논의될 여지조차 없는 미래 사회가 다가오진 않겠지?

마침표
효과

언제까지나 계속될 것 같은 나날에 구체적으로 끝을 설정하면 어떤 일이 생길까? 두 번째 휴직이 끝나고 복직을 했다. 힘들다고 소문이 자자한 동으로 발령이 났고 아무도 하고 싶어 하지 않는 업무를 맡았다. 전임자는 인수인계를 해주면서 많이 힘들 거라고 귀띔했다. 공무원으로서의 감도 회복하지 못한 상태로 겁을 먹었다.

구청장이 참석하는 중요한 행사가 하나도 아니고 여러 개 연달아 예정되어 있었다. 행사 준비를 해야 하는데 너무 막막해서 팀장님을 붙잡고 자신이 없다며 눈물을 흘렸다. 점심 때 밥을 꾸역꾸역 삼키다가도 울음이 터졌다. 인생을 통틀어 최고로 한심했던 한 달이었다. 시간이 지나면서 부담스러운 업무에도, 그 동 특유의 정신없는 환경에도 적응되어갔지만 눈 뜨고 봐줄 수 없었던 시기를 보내며 이렇게 살아서는 안 되겠다고 결심했다. 내 직업에 만족하며 당당하게 일을 해나가든지, 오랜 소원이었던 퇴직을 감행하든지 둘 중 하나를 선택할 시점이 다가오고 있었다. 고민 끝에 나는 앞으로 딱 1년만 더 일해보자고 끝을 정했다. 모든 일은 언젠가 끝이 나지만 매일의 무게감에 눌려 우리는 그 사실을 체감하지 못한다. 기간을 정해 미리 마침표를 찍고 나니 후회 없이 그만둘 준비를 해야겠다는 목표가 생겼다.

마침표의 효과는 서서히 드러났다. 먼저, 매사를 가볍게 받아들이기 시작했다. 그전에는 주위에서 벌어지는 크고 작은 일이 주는 스트레스를 그대로 흡수했다. 예를 들면 민원인이 내 앞에서 고함을 지르는 건 우연히 벌어지는 일인데 그 사람이 평생 나를 따라다니며 못살게 굴 것 같은 생각이 들어 괴로웠다. 그런데 끝을 정해둔 것만으로도 사건과 나를 분리해서 바라볼 수 있게 됐고, 부정적인 감정에 연쇄적으로 휘말리는 일이 줄어들었다. 인생은 가까이서 보면 비극이지만 멀리서 보면 희극이라는 말처럼 매일 야단법석인 주민센터의 하루하루가 시트콤처럼 느껴졌다.

동료애를 나누고 싶다는 마음도 들었다. 공무원을 그만두면 동료도 사라진다. 사무적으로 만나는 무덤덤한 사이였어도 곧 이별이 닥친다고 생각하니 한 사람 한 사람의 장점이 보였다. 동장님에게도 귀여운 구석이 있었고 팀장님의 주사도 이해됐다. 사이가 좋지 않은 동료가 있었는데 어느 순간 그 사람에게도 인간적인 연민과 정을 느끼는 나를 발견했다. 돈벌이를 하며 먹고사는 것은 누구에게나 힘이 드는 일이라는 걸 알았다. 그러자 직급과 성격과 세대의 차이와 관계없이 사람들을 자연스럽게 대할 수 있게 됐다. 그런 마음은 말하지 않아도 티가 난다. 공무원으로서 보낸 마지막 1년은 그 어느 때보다 사람들과 관계가 좋았고 그 속에서 크고 작은 도움을 받았다.

힘들다는 소리만 하다가 떠나고 싶지 않았다. 사람들의 기억 속에 징징거리다 결국 그만둔 공무원으로 남을 수는 없었다. 의연해지고 싶었다. 힘들다고 하소연하는 일은 아무 도움이 되지 않는다. 우는 얼굴에 불행이 더 달라붙는다는 것을 이미 공무원 초년 시절에 경험했다. 미리 마침표를 찍어도 몰려드는 민원과 줄줄이 열리는 행사와 쉬지 않고 일어나는 사건사고는 변함없었지만 고난을 웃음으로 날려버리기로 했다. 힘들어도 웃고 울고 싶어도 웃었다. 공무원 생활을 하면서 울상만 지었던 과거를 만회하기라도 하듯이 참 많이 웃었다. 이 생활도 얼마 남지 않았다고 생각하니 그전에는 아무리 힘을 줘도 꼼짝하지 않았던 입꼬리가 저절로 올라갔다. 덩달아 자신감이 생겼고 겁도 없어졌다. 상사에게 달려드는 노숙인을 중간에 몸으로 가로막을 용기도 생겼다.

건강하게 일하기 위해 전력을 다했다. 통합 민원대에서는 자리가 중요한데 입구에서 멀면 멀수록 심리적·물리적 안정을 지킬 수 있다. 원래대로라면 나의 자리는 입구 근처였는데 선임인 주임님이 내가 서류 정리할 게 많다며 안쪽 자리를 양보해줬다. 예전 같으면 미안해서 극구 사양했을 텐데 이번에는 그 배려를 감사하게 받아들였다. 불행이 우는 얼굴에 달라붙는다면 행운은 웃는 얼굴에 다가오는 것인가 보다. 이미 등에 너무 많은 짐을 지고 있어 지푸라기 하나만 더 올려도 허리가 부러질 것 같은 위태로운 상황에서 묘한 행운이 많이 주어졌다. 상사는 관대했고 동료들도 친절했다. 선거 때도 체력 소모가 심한 투표소 관리가 아니라 사무실을 지키는 업무를 맡아 다른 직원들보다 고생을 덜 하며 마지막 선거기간을 보냈다. 일에 실수가 있어도 동료가 나 대신 나서서 그럴 수밖에 없는 상황이었다고 해명해줬다. 진상 민원인을 접하는 일도 현저하게 줄었다. 예전 주민센터에서는 '동 대표 진상받이'라고 할 정도로 이상한 사람들이 자주 꼬였는데, 여기서는 다른 창구들이 온통 시끄러워도 내 앞은 온화했던 적이 많았다. 주어진 행운에 크게 감사했고 어쩔 수 없는 불행이 일어나도 크게 의미를 부여하지 않고 넘겼다.

그렇게 마지막 1년을 보내며 조직과 사람과 상황에 대한 원망을 내려놨다. 잘하고 싶었던 욕심이 컸던 탓일까, 자꾸 실망하기만 했던 나 자신과 화해하고 또 화해했다. 나를 지키면서 열심히 일했다. 예정된 선택의 시간이 다가왔을 때는 앞으로도 계속 이렇게 잘 지낼 수 있을 것 같다는 착각마저 들었다. 하지만 이것은 모두 끝이 있음에 가능한 기적이었다.

결심

이렇게 살 수 없다는 결심은 농담에서 시작되기도 한다

365일 내내 그만둔다는 말을 입에 달고 다니길 몇 년째

불평을 늘어놓는 날들에 마침표를 찍어보기로 했다

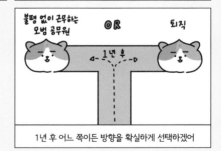

1년 후 어느 쪽이든 방향을 확실하게 선택하겠어

대체 가능

주임님, 제가 도와드릴게요.

의자를 깜박했네. 고마워.

여우 씨 내일 발령 난대요. 일 잘했는데 이제 어쩌죠?

그래?

아···

근데 그거 알아? 누가 와도 자리는 채워지고 동사무소는 또 돌아가는 거.

내가 떠나도 빈 자리는 바로 메꿔지겠지. 우리는 모두 이곳에서 대체 가능한 인력이니까.

어렵기만 하던 상사의 귀여움을 발견하고

예전 같으면 이해하지 못할 사람들에게 연민을 느낀다

이게 바로 미리 찍어놓은 마침표의 놀라운 효과

마지막
선택

🦝 로또 1등에 당첨되어 공무원을 그만둔 사람이 있다는 이야기를 알게 된 날, 무지개 끝에 황금이 담긴 항아리가 숨겨져 있다는 전설을 들은 것마냥 가슴이 콩닥거렸다. 금액이 상당해서 당첨금을 가족과 친척들에게까지 넉넉하게 나눠주고 지금도 잘살고 있다는 풍문의 사실관계를 확인할 수는 없었지만 사실이라고 믿고 싶었다. 수십억까지는 바라지도 않는다. 10억만 돼도 신나서 그만둘 수 있을 것 같았다. 30평대 아파트 하나(그때는 지금처럼 집값이 치솟기 전이었다)와 차 한 대를 사고 조용히 사직서를 내는 내 모습을 상상하면 절로 흐뭇해졌다. 그런 일은 일어나지 않았다. 게을러서 로또를 몇 번밖에 사지

못했던 것도 있지만 우리는 무지개 끝에 도달할 수 없기 때문이기도 했다.

공무원이 되고 난 후 8년 동안 나이를 먹고 취향도 달라지고 가족 구성원도 바뀌었다. 심지어 키우는 고양이 수에도 변화가 생겼음에도 변치 않는 것이 한 가지 있었다. 다름 아닌 그만두고 싶다는 생각. 공무원을 그만두고 싶었던 이유는 단순했다. 체력과 감정을 쥐어짜내듯이 일하는 게 고달파서. 공무원을 그만둘 수 없었던 이유도 단순했다. 먹고살아야 하니까.

마침표를 찍어두고 마지막 유예기간으로 삼았던 1년이 거의 끝나가고 있었다. 이제 어느 방향이든 한쪽으로 몸을 완전히 기울여야 할 순간이 왔다. 그렇지만 벼락부자가 되지 않는 한 내게 직장을 그만둘 수 있는 최적의 타이밍 같은 것은 없었다. 무엇을 얻고 무엇을 잃는지를 계산해서 내 선택의 결과를 책임질 수 있는 최소한의 여건이 되는지 알아봐야 했다.

가장 무겁게 발목을 잡고 있는 문제는 역시 돈이었다. 어느 시점까지 생계 때문에 직장을 그만둘 수 없었던 것은 사실이었다. 월세를 내야 했던 시기도 있었고 저축해놓은 돈도 없었다. 돈 때문에 평생 공무원을 그만둘 수 없을 거라고 믿었다. 모든 것은 변한다는 걸 그때는 몰랐다. 시간이 흐르면서 상황이 나아졌다. 작고 오래된 아파트지만 마음 놓고 머무를 수 있는 거주지가 생겼다. 자가용은 없었지만 그때까지 뚜벅이로 불편함 없이 살았기 때문에 앞으로도 문제는 없을 것 같았다. 대출이 많았지만 퇴직금을 받아 중도 상환하면 배우자의 외벌이로 빠듯하게나마 원리금을 감당할 수 있을 정도는 됐다. 내 나이 또래의 기혼자들이 평균적으로 추구하는 경제적인 풍요를 포기하면 다시 돈을 벌 수 있는 일을 찾을 때까지 어떻게든 생계를 꾸려갈 수 있을 것 같다는 계산이 나왔다. 우리 부부가 아이 없이 살기로 결정했기 때문에 가능한 일이었다.

삶의 선택은 스스로 내려야 하지만 평생직장을 그만두는 데 가족의 이해는 필수다. 다시 돈을 벌게 되기까지 예상보다 많은 시간이 걸리기도 한다. 어느 정도 버틸 돈을 마련해놓는다고 해도 경제적으로 가족에게 의지해야 할 수밖에 없다. 내가 힘들 때마다 위로하고 다독여주는 남편이었지만 공무원을 그만두는 것에는 선뜻 동의하지 못했다. 퇴직을 1년쯤 앞두고 우연한 기회에 그림 에세이를 출간할 기회가 생겼다. 평일 퇴근 후 피곤한 몸으로 밤늦게까지 글을 쓰고 주말에도 작업실을 잡아 온종일 그림을 그렸다. 첫 책인 데다 일과 병행하며 작업을 한 터라 결과물이 부끄러웠지만 단 한 명의 마음만은 확실히 붙잡았다. 밤 11시에 퇴근해 돌아와서도 졸린 눈을 부릅뜨고 30분이라도 글을 쓰려고 노력하고, 몸이 너무 아파 울먹이면서도 기어코 펜을 잡는 내 모습을 옆에서 내내 지켜본 사람. 직장을 관두고 그림만 그리고 싶다는 열망이 가득한 내 책을 안쓰러운 마음으로 읽은 독자. 그 사람은 바로 내 남편이었고, 책을 다 읽은 그는 내 꿈을 응원해주고 싶다고 말했다.

공무원을 그만둔 다음 한량으로 살고 싶은 것은 아니었다. 일이 하고 싶었다. '그만두고 싶다'는 탄식이 '꼭 그만두고야 말겠다'는 의지로 변하기 시작한 건 새로운 꿈이 생겨서였다. 처음에는 단순한 취미였다. 그런데 삐뚤거리는 선으로 그림을 그릴수록 창작이 취미가 아니라 삶의 전부가 되면 좋겠다는 소망이 생겼다. 그 소망이 많은 것을 버리더라도 이루고 싶을 만큼 간절해지는 데는 그리 오래 걸리지 않았다. 하지만 직업으로 삼기에는 내 능력이 아직 부족했다. 좋아하는 일을 한다고 해서 돈을 벌 수 있을지 알 수 없었고 잘할 수 있을 거라는 확신도 없었다. 그럼에도 꿈인지 욕심인지 알 수 없는 맹목적인 에너지에 자꾸 몸이 들썩거렸다.

갈팡질팡하던 차에 눈에 들어온 것은 뜬금없게도 죽음이었다. 그 무렵 주위에 중병을 앓거나 갑자기 어린 자녀를 남기고 세상을 떠나는 사람들이 생겼다. 몇 달 전에 직접 얼굴을 보며 전입신고를 처리했던 청년의 사망신고를 접수하기도 했다. 평생 인감을 만들어본 적이 없는 부모가 자식의 죽음으로 처리할 일이 생겨 뒤늦게 인감을 신고하는 모습에, 사망자의 기본 증명서를 발급하다가 그가 나와 비슷한 나이에 죽었다는 사실에 마음 한 켠이 저릿했다. 서류상의 죽음을 한두 번 본 게 아니었지만 유난히 젊은 죽음을 목도하는 일이 잦았다.

죽음이 가까이 있다는 걸 인식하게 되니 인생을 모험으로 여길 준비가 됐다. 안정이란 말도 부질없이 느껴졌다. 삶에 있어 확실한 것은 아무것도 없지만 초라해져도 가난해져도 마음의 결단을 실행해보지 못하고 죽음을 맞이한다면 그 후회가 더 클 것만큼은 확신할 수 있었다. 드디어 오래도록 지지부진했던 망설임이 끝났다. 되는 것보다 그만두기로 결정하는 것이 더 어려웠던, 고마우면서도 미워했던, 공무원이란 직업. 이제 진짜 그만둡니다.

새벽 3시의 혼잣말

미리 정해둔 선택의 날이 다가왔지만 고민은 계속됐다

죽음

뭐? 누구 씨가 죽었다고? 아이들도 아직 어린데 어떡해

결단을 내리지 못하고 있을 때 죽음이 자꾸 눈에 들어왔다

얼마 전에 자녀를 먼저 보내셨구나… 근데 사망자 나이가 나랑 똑같네

몇 달 전에 전입 처리한 청년인데 사망신고가 들어오다니

저 아직 못 죽어요 공무원 아직 그만두지도 못했다구요

죽을 때가 됐네요 제 손을 잡으시죠

죽음

죽음 앞에서 고민의 무게는 가벼워진다. 하나의 직업일 뿐인데 그만두지 못할 건 또 뭐야

포기해야 얻을 수 있는 것

평범했던
하루의 다짐

특별한 일 없는 하루였다. 평소와 다른 게 있다면 온종일 날이 흐렸고, 설 연휴를 앞두고 있었다는 것 정도. 누군가 주민센터 건물에서 뛰어내리겠다고 소동을 벌여 경찰이 출동했다. 복지팀에서도 계속 큰소리가 났다. 민원대의 신규 직원이 업무를 처리하는 데 시간이 걸리자 다른 쪽에서 하겠다고 성을 내며 신분증을 도로 채가는 사람이 연달아 두 명이나 있었다. 연휴 직전이라 다들 그동안 쌓아왔던 스트레스와 짜증이 폭발한 듯했다. 방문객뿐만 아니라 직원들도 피로를 감추지 못했다. 이 평범한 날을 맞이하기 위해 지난 한 달 동안 크고 작은 관문을 거친 나도 마찬가지였다.

사직서를 내기 전에 먼저 부모님께 퇴직을 알려야 하는데 입을 열 엄두가 나지 않았다. 마침 내 생일이라 부모님과 같이 저녁을 먹다가 한 달 뒤 퇴직한다고 전격 발표했다. 화기애애한 저녁식사 자리가 순식간에 얼어붙었다.

"너 대출은 어떻게 할 건데?"

훅 들어온 엄마의 공격에 나는 재빠르게 전도유망한 아티스트로 빙의했다. 글도 쓰고 그림도 그리고 만화도 그릴 거라며 앞으로 먹고살 계획을 그럴듯하게 부풀려서 프레젠테이션했다. 자세히 들어보면 돈이 될 만한 거리는 하나도 없는 계획이었지만 자신감 넘치고 단호한 방어에 엄마의 스파이크는 방향을 틀어 아빠에게 향했다. 하고 싶은 일도 있다는데 공무원을 그만둬도 괜찮지 않느냐는 입장의 아빠와 평생직장인 공무원을 그만두면 안 된다는 엄마의 격양된 토론이 이어졌다. 오늘 안에 집에 갈 수 있을지 걱정이 될 즈음, 나중에 돈을 벌지 못하면 다시 공무원 시험을 보겠다는 약속으로 엄마를 설득했다. 지금쯤은 부모님도 그 약속이 거짓말이란 걸 아셨겠지만.

부모님을 공략한 후 다음 단계는 사무실에 퇴직 의사를 전달하는 것이었다. 먼저 팀장님을 만나보자. 팀장님에게도 비슷한 경험이 있었다. 예전에 맞벌이를 하던 아내가 일을 그만뒀는데 당시에는 괜찮았지만 이후 외벌이로 지내면서 경제적으로 아쉬움이 크다며 조언해줬다. 다만 힘들게 고민하고 결정했을 텐데 말리지는 않겠다고 했다. 다음은 동장님 차례. 동장님은 지금 그만두는 건 너무 아깝다며 극구 만류했다. 나중에 연금이라도 받을 수 있도록 10년만 채우라며 업무가 힘들면 다른 일로 바꿔주겠다고 제안해주시기도 했다.

취업이 쉽지 않은 시대에 공무원을 그만두는 일이 흔한 건 아니지만 최근에는 신규 임용된 지 얼마 되지 않는 새내기 공무원을 중심으로 면직이 늘어나고 있다는 뉴스가 종종 보인다. 정년퇴직이 가까운 직원들이 명예퇴직을 하거나 육아휴직을 쓰다가 육아에 전념하기 위해 아예 퇴직하는 경우도 가끔 있지만 근무 연수가 거의 10년이 되어가는 30대 후반 어중간한 나이의 퇴직은 드물다. 나의 퇴직 소식에 대한 의견은 두 가지로 극명하게 나뉘었다. 막 7급을 달았는데 아깝다고 몸이 좋지 않다면 차라리 휴직을 한 번 더 하라는 쪽과 부럽다며 나도 그만두고 싶다는 쪽이 반반이었다. 엇갈리는 반응 속에서 사직서를 제출했다.

구청 인사팀에서 면담 요청이 왔다. 어떤 점이 힘들어서 그만두려고 하는지 알려달라고 했다. 성격도 좋아 보이고 일도 괜찮게 하는 걸로 아는데 원하면 다른 부서로 보내줄 테니 재고해보라는 말이 고마웠다. 공무원 사직 전에 의례적으로 하는 면담이라는 건 알지만 마지막에 이렇게라도 붙잡는 제스처를 보여주니, 그동안 힘들 때마다 느꼈던 조직에 대한 섭섭함이 사라졌다. 드디어 아름다운 이별이 눈앞에 펼쳐지는 듯했다.

면담을 마치고 의원면직에 제한 사유가 있는지 신원조회를 거친 후, 나는 확실하게 퇴직 예정자가 됐다. 하지만 여기가 어떤 곳인가? 잠시라도 마음이 편하다면 그게 오히려 이상한 특별한 주민센터였다. 사직서를 제출하는 단계부터 순조롭지 않았다. 민원이 매일 넘쳐서 업무시간은 물론 퇴근시간 후에도 진이 빠져 아무것도 할 수 없었다. 사직서를 낸다고 말만 하며 서식을 출력할 정신이 없는 나를 보다 못해 친한 주임님이 사직서 서식을 내게 건넸다. 그분이 아니었다면 아직까지 계속 공무원이었을지도 모를 일이다.

나의 퇴직을 축하하기라도 하듯 사무실의 난방기가 고장났다. 매서운 1월의 추위를 고스란히 느끼면서 며칠 동안 일을 했더니 동상이라도 걸린 듯 발에 감각이 없어지고 안 그래도 부실한 어깨의 통증이 악화됐다. 끝까지 쉽게 넘어가는 일이 없었다.

이런저런 소동 속에 8년 8개월 동안 기다렸던 그날이 오고야 말았다. 막상 마지막 날을 맞고 보니 지금까지 왜 그렇게 고민했고 하루하루를 힘들게 버텨왔는지 무색할 만큼 아무렇지도 않았다. 아쉬움에 슬프지도, 새로운 출발에 가슴이 두근거리지도 않았다. 그저 여느 때와 똑같은 하루가 지나갔다. 명절을 앞두고 퇴근을 서두르는 직원들의 뒷모습에 이곳에서의 나는 금방 잊힐 거라는 걸 알았다. 텅 빈 사무실을 뒤로 하고 밖으로 나오며 평범한 다짐을 했다. '내일부터는 밥을 천천히 먹어야지', '일기장에 글씨를 또박또박 써야지', '책을 많이 읽고 매일 그림을 그려야지'. 마지막 퇴근길, 공기 중에 살짝 봄 냄새가 났다.

반응

여러분 저 그만둘 예정입니다!

웅성   웅성

그만둘 거라고 사무실에 알리자 반응은 갈렸다

후회할 겁니다

새로운 출발을 응원합니다

VS

반대하는 쪽은 대부분 연배가 있는 편

찬성하는 쪽은 상대적으로 젊은 편

근데 우리가 그만두는 것도 아니잖아

일이나 하러 갑시다

머쓱

내 선택에 대한 결과는 나만이 책임질 수 있으니까요

사직서

모두들 안녕!

마지막 근무일, 사무실 앞 주차장에 묶여 지내는
개에게 작별 인사를 하고

사무실 어항에 사는 금붕어에게도 작별 인사를 하고

마지막 민원인에게도 마음속으로 작별 인사를 하고

직원들에게 작별 인사를 하려고 보니
연휴 직전이라 모두 바빠 보였다

그때의 나

나의 자리를 찾아서

🐱 친구에게서 몇 년 만에 메시지가 왔다. 계속 공직에 있냐는 그의 질문에 그만뒀다는 대답을 전했다. 대기업에서 연구원으로 일하던 친구는 공무원 시험을 보고 필기 시험에 합격한 상태로 면접을 준비하고 있다고 했다. 공무원 월급과는 비교조차 할 수 없는 큰 액수의 연봉과 성과급을 받았던 그는 나의 성공한 친구 중 하나였다. 친구는 곧 면접에 합격해 국가직 공무원이 됐다는 소식을 전해왔다.

명문대를 졸업하고 대학원에 다니던 사촌동생도 원래 계획했던 진로에 회의를 품고 9급 공무원이 됐다. 공무원이 적성에 맞는다며 바쁘지만 즐겁게 생활하고 있는 듯하다. 능력 있는 두 사람이 공무원으로 발길을 돌리니 '역시 공무원이 답인 시대인가?'라는 생각을 하지 않을 수 없었다. 그 답을 버리고 나는 무엇을 하고 있나.

많은 이들에게 정답인, 그리고 내게도 한때는 답이었던 공무원을 그만두고 나는 지금 글을 쓰고 그림을 그린다. 현직이었을 때는 조직도와 사무실 좌석배치도, 직원 업무 분장표 어디에나 내 이름이 확실하게 적혀 있었다. 분명 나의 자리가 맞는데 매 순간 긴장하며 일하다 보면 내가 있을 곳이 아닌 것 같아 자꾸 주위를 두리번거렸다.

공직은 내게 평생직장이라기보다는 학교에 가까웠다. 구청과 주민센터라는 삶의 이야기가 오가는 현장에서 현실을 접했다. 자신의 일에 온전히 책임을 지는 연습을 반복했다. 이과정에서 주로 인내하고 견뎌야 했기에 버겁고 힘들었지만 일을 하며 느꼈던 막막함과 고단함조차 인생을 가르쳐주는 좋은교재였다. 이겨낼 수 없을 것 같은 상황과 시기를 버티고 나면한층 성장한 기분이었다. 나는 어떤 사람이며 어떻게 살고 싶은가에 대한 질문도 공무원이 된 후 처음 시작했다. 공무원으로서 만났던 많은 사람과 다양한 상황 덕분에 이전보다 나은사람이 됐다고 생각한다. 게다가 이 모든 걸 월급까지 받으면서 경험하다니. 하지만 언제까지고 학교를 계속 다닐 수는 없었다. 그래서 떠났다.

　공시생이었을 때 내 꿈은 공무원 합격이었다. 공무원이 된 후에는 공무원을 그만두는 것이 꿈이었다. 전직 공무원의 꿈을 이룬 후에는 창작물로 돈을 버는 자립작가가 되기를 꿈꾸고 있다. 꿈을 이뤄나간다 해도 제대로 살아가는 일은 여전히 쉽지 않다. 공직을 졸업하고 하고 싶은 일을 하는 기쁨을 누리는 동시에 조직의 든든한 울타리 없이 개인으로 자립하는 일의 어려움을 겪고 있는 중이다. 그럼에도 공무원 생활을 정리하며 글로 쓰고 만화를 그리는 순간마다 오래도록 찾던 제자리가 바로 지금이라는 것을 느꼈다.

　나의 울고 울다 가끔 웃었던 공무원 생활기가 오늘도 현재의 자리에서 열심히 일하는 이들과 새로운 길을 찾아 떠나는 이들 모두에게 전해지면 좋겠다. 각자 자신만의 답을 써 내려가는 그들의 얼굴에 이 책이 작은 웃음을 만들어낼 수 있다면 공무원을 그만두고 찾은 나의 답에 비로소 새로운 의미가 더해질 것이라고 믿는다.

2022년 봄을 앞둔 늦은 겨울에,
전직 공무원이자 자립작가 지망생 진고로호

뇌물

하지 못한 말

민방위 소집을 마치고 식당에 갔는데 구청장님이 격려차 방문했다

< 구청장님이다!

벌떡

오 밥 먹으려고 앞치마 착용

구청장님 너무 스윗하시다

아이고~ 수고가 많으십니다

뭐라고!!

휙

그쪽은 사장님 아니고 동 직원

쑈곤쑈곤

직원도 고생하는데… 직원도 투표권자인데…

허허 수고 많으십니다

진짜 식당 사장님

구청장님의 주민을 위한 마음 잘 알지만 가끔 직원들도 사랑해주세요

새장을 나온 새

공무원이었을 때 나는 스스로 새장 안에 갇힌 새 같았다

의원면직 후 제자리를 찾은 느낌

새장에서 나오면 바로 날 수 있을 줄 알았는데
아직도 날갯짓 연습 중입니다

가끔 달달하고 자주 씁쓸했던 8년 8개월의 순간들

공무원이었습니다만

초판 1쇄 발행 2022년 4월 5일
초판 2쇄 발행 2022년 9월 21일

지은이 진고로호
펴낸이 성의현
펴낸곳 (주)미래의창

편집진행 김윤하
디자인 공미향
홍보 및 마케팅 연상희 · 이보경 · 정해준

출판 신고 2019년 10월 28일 제2019-000291호
주소 서울시 마포구 잔다리로 62-1 미래의창빌딩(서교동 376-15, 5층)
전화 070-8693-1719 **팩스** 0507-1301-1585
홈페이지 www.miraebook.co.kr
ISBN 979-11-91464-84-9 03810

생각이 글이 되고, 글이 책이 되는 놀라운 경험. 미래의창과 함께라면 가능합니다.
책을 통해 여러분의 생각과 아이디어를 더 많은 사람들과 공유하시기 바랍니다.
투고메일 togo@miraebook.co.kr (홈페이지와 블로그에서 양식을 다운로드하세요)
제휴 및 기타 문의 ask@miraebook.co.kr